無論集

沉河 著

長江出版傳媒

崇文書局

图书在版编目（CIP）数据

无论集 / 沉河著 . -- 武汉 ：崇文书局，2024.5
ISBN 978-7-5403-7646-8

Ⅰ. ①无… Ⅱ. ①沉… Ⅲ. ①诗集－中国－当代
Ⅳ. ① I227

中国国家版本馆 CIP 数据核字（2024）第 077239 号

责任编辑：曹　程　付映荽
责任校对：董　颖
责任印刷：李佳超
封面题字：沉　河
封面插图：田　华
封面设计：江逸思

无论集
WULUN JI

出版发行：长江出版传媒 ⸿崇文书局
地　　址：武汉市雄楚大街 268 号 C 座 11 层
电　　话：(027)87677133　　邮政编码：430070
印　　刷：湖北新华印务有限公司
开　　本：880㎜×1230㎜　1/32
印　　张：9.25
字　　数：165 千
版　　次：2024 年 5 月第 1 版
印　　次：2024 年 5 月第 1 次印刷
定　　价：89.00 元
（如发现印装质量问题，影响阅读，由本社负责调换）

不知有汉，无论魏晋。

——陶渊明

序

这些年来抄写的诗文甚至经书
无论多少、大小、薄厚、好坏
我都把它们装在一个废纸箱里
当我老了，冬天需要烤火之时
我会一张一张地拿起，看一眼
再点燃它。它们是最好的

引火之物

目 录

辑一 天命之诗

孤雪　003

冬至之诗　004

无题　005

镉碗　006

乡村年夜　009

梦　011

黑暗　012

寒风　013

独驾者　015

小区傍晚速写　016

自闭者　017

坐地铁者　018

戴面具者　019

隐生者　020

021 骑自行车者

022 沉默者

023 山中秘行

025 不告而别

026 必然

028 听雨

029 我旁观自己，已成常态

030 旧路

032 求生与等死

033 在殡仪馆

035 血

037 吾是我

039 倒走

041 天命之诗

043 贼毫

045 干咳

046 忍

048 从高处到低处

050 珠子

051 与子书

053 缺席者

辑二　桥

致东湖　057
东湖梅园观雪记　058
江边饮酒　059
迎秋　060
春回故乡记　061
山中歌　063
雨　064
诀别　066
桥　068
爹湖诗篇　070
格竹　100

辑三　竹篮打水

以水抄经　111
一轮明月　113
一叶莲　114
守本真心　115

134 师父

辑四 生活记

155 老屋

157 给云稼慢乡

163 万物有所期待

164 种子

166 茶室里的老扫帚

168 做旧

170 数星星

171 被闪电照亮的人

172 种植诗

181 界河

185 五十一岁记

205 五十二岁记

辑五 无论

225 无论

281 自我批评：有迹可"寻"（代跋）

辑一　天命之诗

孤　雪

我的心中藏着一首写雪的诗

它美好如雪　鲜明如雪

洁白如雪　纯粹如雪

孤傲　绝对

我从不把它拿出示人

怕它如雪般融化　被玷污

我让它仅有着

雪的想象与情感

在寒冷黑暗中　保持

警觉与反光

冬至之诗

水从高山上一路流下来
越来越温暖地进入大海

雪从空中缓缓飘落人间
那么巨大的美也不声张

树叶悄悄地改变了颜色
老去的面容有着恒久的尊严

小草永远繁忙地生长
谁也不知道其中的秘密

神，他让自己钉在十字架上
低垂的头颅仿佛对我说

万物皆如此谦卑而尊贵
请欢喜地对待那一切的谦卑

无　题

多年前的一个冬天，我从老师家
走下七楼。穿过寒风凛冽的广场
神色凝重。我怀抱着波伏瓦的一本书
《人都是要死的》，年轻的身体
变得僵硬。之后，又读了一本书：
《向死而生》。春天便慢慢回来

今天，一个人真的死了
"人都是要死的"
但我愣了一会，神
多年过去了，我早已忘记
这本书的故事，只记得
一个"人"，终归是"向死而生"

他死去时，太阳也落下了山

锔　碗

您都已经三次了，这次怕难得锔了
师傅拿着那只破碗左右察看
好在松菊犹存，梅花也在
破损得恰到好处，裂线从空白中
直直地穿过。感觉正好可以
锔一根竹子。难度太大
钻孔得紧靠裂口，还密密麻麻
师傅再问：有必要吗？这也就是
一只平常人家常见的碗而已
有必要一锔再锔？他漠然地回答
习惯了它吃饭，舍不得扔掉
您就再帮帮忙，多少钱都行
师傅重拾起收藏已久的工具
戴上锈边的老花镜开始忙活
金刚钻刺耳的声音惊起了
院子外一棵老树上的斑鸠
它"咕"的一声飞起。他看着
鸟飞走的方向，想象着那根

无形的线路，很开阔，很自由
你去外转转再来吧，一时半会
完不了。师傅说。他没有应声
也一动不动。他把自己又想象成
那只摔了四次、锔了三次的破碗
他忍受着一阵阵钻心的痛
这次应该是最后一次锔它了
碗也无处可锔了。他并没有用这碗
盛饭，他只是用它来喝水
就像小时候用它舀从河里挑上来
澄在缸里的水喝一样。真的是
一个坏习惯：笨重、粗大的碗
并不适合盛水喝。第一次摔破
就是不习惯端大半碗开水；第二次
是听到收音机里传来一个噩耗
第三次是住上了内有楼梯的房子
这一次是他自己扔掉摔的
好了，还很好看的，不收你钱了
师傅递过来锔好的碗
竹竿金色，竹叶银色，竹节黑色
他狠狠地盯着，好像要把它们
印在眼瞳里。送给您了，他把碗

递到师傅手里转身出门，把自己

快速消失在暮色中。天越来越冷了

乡村年夜

每盏灯有着一屋的局限，田野里

一片漆黑，直到次日天明

爆竹声驱散了虚无

越热闹，越安静

归乡之人借以追忆往昔

总想停止什么，抓住什么

似乎道路并没有扩宽

屋子并没有增高

屋后的小河依然清亮

有着刹那的反光

越相聚，越孤独

越想起，越遗忘

黑暗中没有方向

熟悉的布局中迷失了自己

开始等待着结束

野狗们受到惊吓，互相吓唬

旧年过去了，明天是新年

祖宗的坟上青烟升起

祖宗们依然谨守着

世间的规矩

梦

未知的命运在窗外窥探

他回过头去，又果断避开

终禁不住侧耳倾听

他虚构人生，他的书房

却如此真实，隐藏着

多少未曾遍读的剧本。年过半百

人世的可能性已经不多

永远未知新的一代将有怎样的剧情

春夏秋冬，寒来暑往

鸟鸣花开，月缺月圆

套路皆是假象，规律也是云烟

他感受到了飘移的一刻

一无所有，身着亵衣

一个声音抚慰他说

你将到另一个世界里去

那里妙不可言

黑　暗

黑暗比内心的颓丧来得晚
黑暗不能遮住歌声的远方
黑暗的静止是黑暗的镜子
黑暗的重比白云轻
黑暗转过非洲的脸庞凝视
在黑暗中，她的芳华弥漫

寒　风

它在窗外折腾。屋内香火明灭
抄经之人为心动而动

五十年来，西伯利亚的平静
制造着温和，喧嚣制造着清凉

一生单纯而受辱。正如
古人所言：良善而受欺

这是最后的反省。没有时间
等待着风的转向

他们沉默，听从指令
他们明白，而不仅因为懦弱

是的，最后的温暖正在逝去
生机仍很遥远，没有一丝生动

万物凋零，毒蛇入洞

发热的是身体，冷酷的是人心

独驾者

车窗紧闭，他保持消极的速度
在这条繁忙的路上，躲避
风雨、阳光，寒冷、炎热

终点无处不在，时时俱能抵达
万物的生之谜与他无关，唯余
本能、惯性、低低的喇叭声

他坐忘于这个真实的虚幻世界里
车轮代替他行走，车身汇入车流
钢铁的外表看上去孤傲而冰凉

不交流，不亲热，不接触
惯性不懂得后退、转弯
这个移动的人物体不构成历史

小区傍晚速写

劫后余生后，他不想为曾经的哭泣
羞愧。泪水早已晾干。天空中
还有几朵浮云。不远处，一只狗
委屈的叫声提示着世间的懒惰

红色的招牌又开始闪烁。马路边
不知不觉长大的树木间，现出一个
为美特立独行的人。婀娜的姿态对应着
灰白的马路上长长的妙影

这应该是喧闹即将到来前沉重的时刻
也是因一丝生动的飘荡而变得轻逸的
时刻。他为此忍耐良久，看夕光打在
半边屋墙上，又神秘消失

自闭者

他用避世隐藏着他的自闭

我突然惊悟到

自闭高级于避世

他少年始即自闭

如果不是他人努力地

把他往世上拉而无有成效

他都要成功地成为一个

被传诵者。现在，他终于被认定为

一个放过了未来的人

可他的过去早不值一提

更多的时刻，他以身体为星球

以房居为星系，以小区为宇宙

亲爱的孤独者无敌

坐地铁者

这个庞然大物带我到城市的任何地方
并告诉我：我在哪里，前方又是哪里
我在地下名正言顺地穿行
没有等级，没有名誉，没有专座
见不到一个熟人。地下的人们
都是地下人。他们坦然承认所爱
他们坐过站，日夜颠倒

这一天，我在地下经过地上兄弟的家
顶着夏日寒冷的风。记住这世上
总有感人的一刻在一生里发生
那些年轻人所津津乐道的
也不过如此。那些老年人所记忆的
只是一个点，并不是一条线

我的一生不就是几个站点连成的
一条线？寒风还在呼啸，在夏天
它并不知道自己与人为善
已给人深深的安慰

戴面具者

这都不是他真正的面目。这个
热衷于戴面具者为自己戴上了
多种面具：谦和的上司、热心的
友人、温顺的儿子、亲密的爱人
它们在不同的场合出现，却一律显现在
现实的光亮中。他得到一致的赞颂
与自己的质疑：不是这样的！不是

只有在极其隐蔽的黑暗里，他才露出
懦弱、孤独与伤感。告诉自己
他只是一个失败的父亲，时刻准备
向儿子呼救：世界之门正向他
急速关闭，他看到了尘埃的结局
他将戴上最后的面具：一个短暂者
一个永远没有机会找到真面目的人

隐生者

他不想让自己找到自己。他把自己藏在
书桌底下、衣柜里。他总是觉得
有另一个"我"反对这一个"我"
为此，他想尽办法要这个"我"消灭
另一个"我"。真的好难啊！他忍不住
号啕大哭：你是谁？你到底是谁？那人
冷笑地回答：我能是谁？我不就是你吗？

另一个"我"后来存在于他的梦中
他常常不能从梦中醒来。他纠缠于
梦，急迫地要让梦过梦的生活
梦说：你不用醒来，我替你
把该过的生活过掉，我让你看见明天

没有人能像他有宇宙一样大的心
他发现自己竟是个外星人

骑自行车者

我总是能够瞬间接住不小心碰落的
物体，譬如一支笔、手机，甚或
一个瓷杯。我让可能的遗憾
变成庆幸。这种事想来也有些
年头了。日见衰老的我
再没有遇到展现敏捷身手的
时刻。我总是告诫自己
慢一点，慢一点。拿东西
看准了拿。并顺便告诫年轻人
命由天造，运则由己
等一等是没错的。看远点更没错
这都是第一次骑自行车的经验
平衡就是忘掉平衡的意志和念想
看远方的路啊，而不是看眼下的脚
路边的花草是它们自然的存在
路上的坑洼是它们天然的存在
理论上没有完全平整的路，只有
一去不回的时光，让他一直一直地
骑下去。活久便见终点

沉默者

我羞愧于指责年轻人依赖未来
而不懂真正孤独时，我的孤独
并不彻底。我整理着过去
每一个字、每一帧照片
它们牵着一张不见边缘的网
每根网线扯着一缕神经
呵，孤独，一当放大
就变成了世界；一当缩小
就是那个从年轻到衰老的自己

野马奔腾，尘埃四起
是稍纵即逝的风，也是
瞬息万变的云。我抬起头
望见不远处的房屋、树木
拥挤在一起又独立
以沉默替代了孤独

山中秘行

此地的名声因为众多观光客
一拨一拨地抬起，已高过了
山顶上的白云。我也是其中的
一位，只是把自己从众人中抽离
选择了那条少有人至的小径
像一片掉落的树叶，一阵风
使我飘荡。我遵循它的意愿穿行
离拥挤的空旷越来越远
山深林密，人声遁去，天籁响起
动植物们喁喁私语，昆虫们
放肆歌唱。我轻微的脚步声
成为显而易见的杂音。这使我
认识到我和其他生命并不在
同一个世界。歌唱偶尔停顿
谈话一直持续。光阴忽明勿暗
有着和谐的走动节奏。我静止
风也消停。我准备好在此哭泣
却不忍发出响音。它们不是

我莫名悲哀的承受者。它们有否

悲哀？我也不清楚。也许那不是交谈

与歌唱，也是求救声和悲泣

在它们的世界和我的一样

自生自灭。如同这条小路的

消失之处，要么是悬崖

要么是绝壁，只保持了不断的

流水声，流水无灭亦无生

不告而别

细细想来，一生中与我不告而别的人
有很多：发小、暗恋者、高中好同学
多年朋友。好像一次远行，我只顾自己
快步前行，回过头来，一个人也不见
他们有的走上了另一条路，有的懒得
赶上我。风吹在我身上，有些冷
我想起多年前的一天，我的祖母和我们
不告而别。她去了一个未知的地方
我将来也会去。她曾在的世界，我却
还在。我也终将与这个世界不告而别
又深深地怀疑，我所做的一切都是告别
像祖母的每一声咳嗽与脚步的每一个
跟跄，有时有声，有时无声。有时
有意义，有时无意义。这才是漫长而
复杂的告别，像祖母年轻时给自己缝织的
裹脚布，慢慢地裹上，慢慢地解开
她以小脚走完的一生，也不短于多少人

必　然

必然有自我丢弃的东西，比如
适才的大风、昨晚的月光
比如一个人，暮年将至
不想让身体在水中再激烈地
扑腾。电话铃声响过多次，终止于
自我停止。歌声终止于歌词的遗忘
眼泪终止于岁末的呜咽

必然有不再需要的东西，比如
新春的花朵、深冬的雪与火炉
比如一个人，故友新交逐渐离去
美石在远方的工地上不断地
被雨淋打，花草在屋顶的园子里
凋零。一本旧书等待着
回归纸厂，一封信找着原路

必然有不得不接受的命运
像适才的大风、昨晚的月光

像新春的花朵、深冬的雪与火炉

一个人暮年将至，一封信无人接受

听　雨

急促的雨点过后，寂寞中
窗外的灯光在远远的雷声里
无力。亲爱的人还没有回来
或已在路上。他已无所谓了
对于自然发生的一切，亦应
如此对待。正如这一生
所抄写的经书，错误太多
他也得保存，以保持应有的体面

雷声依旧在远方响起
他的内心在打鼓：忐忑，忐忑
忐忑。为什么会下雨呢？为什么
雨又停了？彻底地停了？一个
注定没有永恒的事物，多么容易
出现，消失；出现，消失

声音还在赶着漫长的路途

我旁观自己，已成常态

在众多忙碌与喧嚣之后
期待已久的安静用来
回忆与思考。时间是
广阔无边的白天，和
寸步难行的黑夜。是沉默
和有节奏的声音。我已很少
回到我。我旁观自己，已成常态
这不是机巧的分身术
这是自然的安排。正如歧义的
相对论，孤独也是相对的

旧　路

它们被更好、更近、更新的路
替代，对于我而言
它们不断地被改造、翻新，变得
更宽阔、更平坦，对于他人而言
它们只是我的旧路
在我出门后某个拐弯处突然闪现
使我不知不觉地走上了它
一当走上，很难回返
稍许迟疑，车后便传来刺耳的鸣笛
他们在骂我不识路，或者
是个拙劣的司机。他们何尝知道
我并非容易走错路，我只是
走上了一条旧路

熟悉的风景一晃而过
漂亮的老板娘不在街边
或者门店换了老板?
这是这些年常有之事。但我得

忍受，把旧路走到底

没有理由游移、停歇

老去的时光已遗失了早餐，留下

不得缺席的会议。我一踩油门

旧路已被甩在远远的身后，路边

办公大楼喜气洋洋。想起

旧年已过，又到新年上班的第一天

求生与等死

世上有两个人：一个叫求生，一个叫等死
他们一起走在一条由生到死的单行道上

求生无限鄙夷地看了等死一眼，心里说
啥事不做，枉为人生。便靠向左边行

等死无限鄙夷地看了求生一眼，心里说
做个啥事，迟早一死。便靠向右边行

寂寞又无聊中，会偶遇一个叫找死的人
这个逆行的人让求生和等死不禁靠拢了点

在殡仪馆

四季常青的草木布满了庄园
它们遮挡住骄阳的同时也带来了
遍地的阴影。肃穆的空中隐约传来
平缓的音乐里几声抽泣或嚎哭
灵车因花朵簇拥而显目

我见过经过修饰的死亡的肉身
不到一个小时后变为几根
散乱的白骨。我见过白骨
被归拢一堆，压成白灰装在一个
刻上名字的瓷瓶里，它们最终
被埋进浅浅的土里或撒进江河

我从此深信人生是个极其漫长的
过程。易朽的肉身活过后，它还在
回忆、阅读、谈论中活着
像空气、细胞、原子、电子
一样存在。我从此深信

总有一天，大地和天空也如此
消失，又存在于宇宙的记忆里

血

我看见过屠夫杀猪，一刀
刺破喉咙。满腔的热血
洒在一个大木盆里，最后的几滴
溅起了猩红的花朵
一小时后，血凝固成血豆腐
少时的我认为，年关将至，天寒地冻
大白菜炖血豆腐是最美的味

某年又一个冬天，一位朋友
信了基督。我跟随她也信了一阵
我问她：信基督有何忌口？
她说：不吃任何动物的血
其典源于耶稣最后的晚餐
耶稣端起血色的葡萄酒，说
你们都喝这个，这是我立约的血

一晃二十年过去了。朋友失去联系
也已十年。二十年间，我不再吃一滴血

无论是少年时的血豆腐，还是大学时第一次吃到的
毛血旺。每每看着它们在聚餐的桌上沸腾
我心中总是生出一丝敬畏、一丝怀念

做一个好人容易，做一个义人太难
我没有献出一滴血，我仅做到了不再吃一滴血

吾是我
——给庄周

我在旧手机上装了个新电话

申请了一个新微信号，并命名：吾

我让它只有一个联系人：我

一个好友：我

夜深人静时，一个拨响另一个

我说话给吾听

我扫了吾，吾添加了我

我白天发朋友圈

吾晚上发。吾给我点赞

写留言，我回复了吾

我给吾发红包，推荐好文章好电影

我有时骂骂吾，这是在众所周知的朋友圈

极少发生或者没有发生的事

也不担心吾和我反目成仇

吾必须树立起接受的勇气并忍受我疯狂的折磨

有时站在吾孤独的朋友圈里

看我那个热闹的朋友圈所显示的真相

俨然是一面镜子，照出孤独的自己

日子像平常一样流淌

激荡，高潮，平息

却有了两条河道，两种生存

吾的手机放在左口袋

我的手机放在右口袋

允许拿错了它们，再轻轻地抚摸下

把两个相同的人放回

倒　走

我以倒走的方式健身
在生意兴隆的办公大楼找到
一个人迹罕至之地，迈开
反方向的第一步、第二步
踉跄，歪斜，小心翼翼，终不致摔倒

经过半个多月每天二十分钟的倒走
我终于感到佝偻的身躯有些挺直
突出的腰椎间盘又缩了回去；也不再感受
背后的窃窃私语、指指点点。尽管
我所能看见的事物离我越来越远
我越来越远离那些正步走的同类

偶尔，一个拿着饭盒的人经过我
一个要去卫生间的人经过我
一两个无所事事闲逛的人经过我
他们提醒我人间尚在
是的，人间尚在，我倒走如飞

我没有逃离，只是一个抵抗者
抵抗着永不能抵抗的时间、命运
和所有的迷途

天命之诗

五十年后，他终于做到了
放走吸饱他血的蚊子
不让自己的手沾满自己的污血
五十年后，他终于适应与鼠为邻
那些垃圾成为它的美餐
也有一种好归宿
他不再拔掉一根杂草
并非期待一朵野花相报
他会记起给养育的小石头浇水
尊重这些生长极缓的事物

五十年后，他终于做到了
不与太多人为伍，不与任何人为敌
让不同的神在家里和睦相处
闻过尽量喜悦，受赞内心感激
每天做些让自己欢欣的事
譬如抄经、饮茶、吃家人做的饭菜
问候远方的亲人。并试图

和孩子交心，不时关心下他的前程

慢运动，深呼吸。此为老天

给予其命　不错的赏赐

贼　毫

　　在古代，再好的毛笔也无法避免永不掉毛；每一次书写都会逃跑一些笔毫。书写者把这些准备逃跑的笔毫称为贼毫。

横竖一副无力的样子。它
减弱着多少费尽心机的力量
从集体中被孤立，处于边缘
有着无法想象的姿势，诉说着
每个字的不甘与反抗
可它又创造了多少神来之笔
在不该存在之处意外地出现
在必须留墨处留下了空白
那些过分的粗犷、过分的细腻
都来自于它的不听使唤
它在纸上写下
自己的激情与意志

我对这些贼毫爱恨交加，与之

艰难地斗争后，还是毫不留情地
清除它们。我把它们集中放在某处
看着越积越多的贼毫，已区分不出
哪一笔是哪一根所为。笔越写越秃
那些永不逃跑的毫毛最终也有着
被丢弃的同样命运。而看着每一幅
书写的字，我越来越怀念一根贼毫
它好像构成了内心的真实

干　咳

这无尽的干咳来源于那张敏感的嗓子
它何尝不是哪句来自于敏感心灵的诗
它们同样地眼冒金花、头皮发麻
并撕心裂肺，有着空洞绝望的声响
并忘却了从古至今的疾病与苦难
它们同样地哀矜、控诉与无效
有着歇斯底里、喘不过气，以及
疾风暴雨后的短暂平息

是的，这无尽的干咳我终于得以忍受
你又怎能不忍受这一生多少次敲打
它们同样惊醒了一些梦中人，但他们
迅即翻过身子仍去做梦

我终于明白，这不知何日是尽头的
干咳，正是那无名的怒火，在肺中
把自身点着。他痛苦的喉咙发出
不断毁灭的光亮，像苍茫中的流星
无尽的奔走相告，成就了无妄的永生

忍

我先把饥饿忍住
如果有所谓万古的悲伤
也连带着忍住
这无所事事的一天终得过去
尽管是他人欢呼的节日
呼吸声愈来愈小，直至
不敢呼吸。楼下快递员的喧嚣
将随着一声电动车的鸣笛
带远。世界在我的小范围里
大致是安静的，尽管每个人
内心里都有大波涛

我写下一个个"福"字
整整一个白昼
等待墨迹干透。我
假装把它们送给某些人
可他们并不能得到幸福
我还是得忍住不哭

而不动声色

妻儿们已经入梦
我忍住翻身。在假睡中
进入真正的睡眠

从高处到低处

年轻时，我喜欢高处
孤立于人群，放眼世界
每天回家，享受着脱离地面的
快乐，也脱离那些低级趣味
在高处，与夕阳、云朵为伍
俯视芸芸众生，为孩子们的
欢闹心悦，为市井的吵闹心焦
我已经在高处住了二十年
从一个顶楼到另一个顶楼
二十年，足够培养一个人
寂寥的品性

去年起，我渴望住在低处
朋友称我要落地
出门即是生活，抬头便见邻居
与小草、落叶为伍
关心柴米油盐。事来了
跑得很快，不再东张西望

没事时，学株植物，生根

把自己扎在地里，牢牢的

珠　子

这些在不甚平坦的尘土上
滚来滚去的珠子，密密麻麻
大大小小的珠子，有其来由
不知归处的珠子，在那些
可见不可见的力或波的
推动、导引或打击、压迫下
沿着一个不可逆转的方向
滚入一个不可探究的黑洞的
珠子。在这貌似散漫其实谨严
貌似庄严其实可笑的滚动中
这一颗寻找或避让着另一颗的
碰撞。在遭遇无数次珠子与珠子间的
碰撞后，无数次偶然组成一生之必然
我们碰撞了一下，改变了二人的轨迹
我们再碰撞了一下，紧紧相依
我们停止滚动，长出锈迹斑斑的情意
我们无聊苦痛，我们绝望等待
当天火四起、闪电四射时
我们已坠入深深的虚空

与子书

孩子，你一定得相信点什么

你可以不相信天空中的浮云
但你得相信大地深处的根
你可以不相信雨后的流水
但你得相信一望无垠的大海
你可以不相信辉煌灿烂的夕阳
但你得相信深夜里一个人的悲伤
你可以不相信酒后的父亲
但你得相信小心翼翼的母亲
你可以不相信眼睛看到的、耳朵听见的
但你得相信自己的脾性
相信自由、善良、真诚
这些美好的事物，是你的后脑
你发现不了它们存在的面目
你要相信，巧笑与佞语是不可相信的
同样，嫉妒与仇恨更不可相信
你宁愿相信黑白分明的梦

不要相信彩笔画的一切

相信方向，不要相信道路

上面会有坎坷与陷阱

相信你爱的人，更相信爱你的人

最后是相信这封信

我对你说的一切，我自身深信不疑

缺席者
——致张志扬老师

天命之年的老师去了大海边
传说中的天涯海角。他早有
自我放逐之心，并为之争取
缺席的权利。是的
他从荣耀的厅堂中退了出去
不再举手，鼓掌，请求发言
也不再接受举手、鼓掌和发言
像一个不参与任何比赛的人
只关心蓝天、白云和汹涌的波浪
以及大海更多的平静
他与自我交流，与神秘者交流
在溃退的队伍中坚定地立住脚
厉问风暴：是谁在追赶？是你这
飘摇无形者吗？这无所定性者吗
老师愈发苍老的身躯像块顽石
他站在大海边，成为一个
永久的缺席者

辑二　桥

致东湖

我喜欢这一片东躲西藏的水
和它身边敦厚的珞珈山、南望山、磨山
我喜欢这个保持了旷野面目的道场

人世无常，我选择站在水的一边
做个赤子吧！听从阳光与风的安排
醉眼蒙眬，身体像条鱼样轻灵

东湖梅园观雪记

为迎接雪，湖水先把自己冻住
飞翔的鸟儿从梅树上跳下
学会了滑冰。岸边的野芹菜
保持着半身清白，水边的枯荷梗
更见苍老。草丛间散乱的石头
把自己标记为出世者
天下大势尽在不语中

不久之后开春，湖水
再把自己打开。接受着
远山的深入、梅花的深入
云朵与月光的深入
它们安静地发生

独处的我也如此安静
湖内的颤动，我用心去连接
好像无线电，听到的事物
互相看不见

江边饮酒

诗人在江边饮酒，望着
远逝的滔滔江水说：酒和诗
都是一种对此身的挣脱

迎　秋

丢掉室内那些被热死的植物，摆上
永远不会被渴死、饿死、干死
猝死、病死、杀死的沙子与石头

这就是我的枯山水。它们简洁
干净，永恒。一钱不值，也无荣耀
我称此次之行动为"迎秋"

春回故乡记

清亮的河水试探地流淌，向两岸

再次探询大海的方向，忙碌的鸟儿

继续为儿女筑巢，在低空沉重地

飞行。突然一个孩子传来稚嫩的歌声

他在田埂上，跳跃地行走

天然地选择了最短的路径

贫穷而成为赤子

无心而昂扬向上

他将一路明媚地到达学堂

最美的三月，大地早已开冻

绿意涂去了心中积满的愁绪

没有人愿意在深夜里继续大哭

没有人愿意把痛苦再交给黑暗

一切出动，只是在开始学会

把快乐的标准降低：健康、平安

活着，活着，像那棵返青的垂柳

和这片盛开的油菜花地

哦，新林，我的故乡！它拥有着

古老春天的名字和童年的记忆

雨水亮敞，清明干净

我的想象停滞于此

我慢慢变老，人类不要再变坏

山中歌

那么年轻，我们在寒夜中
烧把火，点燃了满天星星
唱支歌，引来了群山呼应
当温暖和热闹归于凄冷
心爱的女孩向你悄悄靠拢
谁的心一阵悄悄地痛

大地安眠，远方春潮涌动
细水静流，不问西东
哦，那么无所谓的韶华啊
我们不分彼此，紧紧相拥

雨

雨从古老的章华台开始下

第二天下到家乡市城区

现在一路北上，包围了我居住的省会

仍不依不饶，下了十天

我有生所见最顽固的雨

下在南美洲一个作家

孤独的天空，那雨下了一百天

比老祖母所剩的记忆还要长

我不敢想象我面前的这雨

还要下多少个十天

这十天中，它有过愤怒的喧嚣

有过坚韧的诉说。但没有人

听得懂它的语言

它说累了，也不彻底歇息

稀稀落落的呼喊仿佛受伤的呻吟

人们在第八天时已被惊动

在第九天时心存侥幸

在今天，已生绝望之心

无边的乌云还在接力
四面的风向这里吹
我们用来防范的大堤
渐渐地围住了我们自己

诀　别
——纪念伯牙、子期

他带着自己的琴赶路，日夜兼程
当他走到汉水边，让真实的流水
在眼前流过，对面的高山早已坍塌
一声崩裂的叹息结束了
两人诉说与倾听的命运
他停了下来。并非无路可走
只是再也不想走。他历经沧桑
琴也变成了一根老木
江汉上空的弦响早已如云消散
茫茫夜空，星星互相打着
遥远的照面。他举起那人的斧子
劈向那根老木头。他从没有想到
高山的力量远远大过流水的力量
沉重，有力，狠狠的一击
琴身便分为两半
诉说还是诉说，倾听还是倾听
仿佛他们从来没有彼此依伴

万物死寂一片

万古的孤独亦如斯

他生起一堆火，照亮了自己

那堆火，燃烧着流水的声音

生长成一座高山

他想起某个夜晚，那人

打完柴回来，给他生起一堆火

火光温暖了两人

"善哉，峨峨兮高山

善哉，洋洋兮流水"

多么好啊，多么好啊

一个是流水，一个是高山

一个把另一个要听的话说出

一个把另一个要说的话听到

一个义无反顾地选择远离尘嚣

一个持之以恒地完成艰苦生活

从今往后，山高水长

最后的流水是大海

最后的高山是云峰

桥

我见识过一座桥的诞生
它从两岸各自伸出的手
最终紧紧相握，达至永久的
和解而非对立。在桥上面
渡，所有的渡，只与自我有关
我从桥的这头走到那头
又从那头走到这头
这一切都是自渡而已
真正的问题是：有了桥
那是否还有着渡？没有了渡
那此岸是否就是彼岸？我站在
尚未合龙的一座跨海大桥上
比眼前茫茫无际的大海还茫然
也许此刻的桥只是大地生长的
一双翅膀，即将载着而不是渡着
这个卑微的人连通两岸
我也将从一个终极的问题中
解脱出来，以真正完成自我的

超度或救赎。在此，桥又是一扇
永远敞开的门，内外中通
又耿直实诚。我没有见过一座
拐弯的桥，但它总是有着
生活的一定弧度。让我在桥上
总有所停顿，上仰天，下俯水
水天合一。从远处看来
它又是大海的另一个边沿
它消灭了岸，只因它成为了
岸。不远处，一只远征的鸟
已栖息于此，依然一个过渡

爹湖诗篇

0. 序章

即日起，我租住在爹湖旁

一个集装箱房里

空空如也的铁皮中，装着个

想把自己放空的人

俗事已尽，俗时很短

我先向顾城致敬

再向屈原致敬

这些主动或被动的流放者

一直令我向往

"既滋兰之九畹兮

又树蕙之百亩"

这并不艰难的理想也许可以

借一片湖水和晚霞实现

亲人们，朋友们

有一天我沿着湖边走得很远

到云烟缥缈处或无路可走处

我会自动地回来

暮色照在我的背上

给我最好的安慰

1. 改变

是时候改变了

它不是来自一阵春风

或一片秋阳

别样的生活在诱惑

它不会是最好的

也不会是最需要的

我的短暂里有

漫长的未知

重新亲近泥土吧

在低微的生命里寻找生命

我倾听到古老的呻吟声

是根须在地底下挣扎

波浪在水面上挣扎

血液在心脏里挣扎

但它们都不知自己的结局

2. 白露

白露之后，湖水变得冷静

贪欢的水牛回到岸上

准备迎接

干枯的生活

我参与了最后的收割

稻子和草在一起

戏称稻草。颗粒归仓之前

金黄的阳光必得巡视

晚霞越来越早，愈见悲寂

远山低矮，影子不长。但颜色

终于鲜艳。咳嗽声

也多了起来。仿佛孤独的人

到了人群中。它们夹杂于

喜悦里。

3. 雨

它从来没有过欢乐

也无悲伤。远方

一个农人未及回家

等在一棵柳树下

他所遇见的唯一依靠

湖水张开了无数张嘴

吮吸着往日时光

它的记忆里，雨

都是从前的，来来去去

在今年，更加殷勤

我同一些植物处于

迷茫的笼罩中。从不知道

一场雨会下多长

天空沉重，有时任性

我怕想到我的穷亲戚

他们迟早会有咒骂声

从这片湖水中升起

秋天啊，一阵雨，一阵凉

暮色也不再是一匹

温暖的布

4. 雨后

失踪的远山又淡然地
回到家。白鹭在湖面继续舞蹈
兴致已不如雨前
湖水安静而不安宁
我终将搞明白其深处
有多少秘密
这雨下得并不适时。植物们
大口喘息着，清理自己
湿润的身子，重新开始
老去。只有荷叶，从水里撑出的
绿帽子，一生都不曾被水打湿
雨点还待在它身上，变为
更大的雨点。君子之交
即为荷叶与水吧。他们竟如此
漠不相关。

5. 傍晚

每片夕阳都是一扇
通往梦乡的门

可每次我都迷恋于辉煌灿烂

直到它关上

留我在门外独享一个人的

清醒。湖中时发"咕咚咕咚"声

把软绵绵的夜幕

变得紧张。我庆幸

有像我一样不眠的生物

保持着暗夜的生机

而转念，这时代

并不缺少熬夜的人

只缺少日落而息者

我抚摸着一颗仿佛

无时无刻不在睡眠的

小树，顿生羞愧心

6. 修行

我开始湖边修行第一步

先张耳朵。波浪的拍击声

游上岸来，野狗的狂吠声

在四野奔跑；一朵花向天空

打开了自己，一滴露水

自坠于大地；蝴蝶寻找伴侣

蜻蜓成群结队；苍蝇总是

急不可耐，蚊子投掷核武器

有神仙漫步于云中

无雨便是无雨，无风而无不风

那些呼唤、交谈、赞颂、咒骂

都出自于我的同类，在一辆辆

飞驰的车里，呼啸而来，呼啸而去

再睁眼。把耳神经转移到

泥土、石头、荷叶上去

无声，无声，无声

它们一生闭紧了嘴，什么也不说

也看不见它们的耳朵

我分明知晓了不朽的奥秘

一只乌龟潜伏湖底已久，忍不住向我

表示了赞同，却因此

只能活上千年

7. 风声

人们所说的风传

和风没有关系

我听见的风声来自

古老的欧阳修兄

无论如何，风中的湖水

是个受难者

风声一起，他声俱匿迹

今日之风乃无云之风

今日之风乃肆虐之秋风

今日之风绝望而悲凉

今日之风亦是被自我追赶的命运

黑暗的窗玻璃后面

有人打开了录音设置

他把风声送至更远

8. 偏见

此谓偏见：我认识这棵柳树吗?

如果它并不认识我。以此类推
我无比亲近的这座湖及其
环绕它的山川万物，我们其实
互为陌生。我站起身来
放下手中的一切；进而
忘记自己是谁，我们都
一起被装在一个空里
有时有，有时无
这一切是如此新鲜
我都无法传达于你

9. 月光

月光是白的。是黑的也
没有关系，譬如照在庄稼上

月光下可以读书。现在读
有点做作，只能想一想

湖水调戏下月光，也不是
湖水的意思。是风做了月老

月光被捉住了，它是主动
被捉的。它并没藏起来

我可以做个亮堂的梦
我惯于以梦复制生活

10. 收捡

秋天告诉我
什么样的过去值得收捡
屋前一小片竹林
竹林前一大片稻田
竹子和稻子在秋天
一起成熟，却不会
一起被收割
青黄相接的风景
于此分明，定调
将持续至下一个春天
年复一年，机器
已让收获取代了
播种与收割
稻田被奴役，正如竹林

成为最普遍的画作

奔跑吧，在稻茬上

跳跃，又俯身快速地

捡拾一根稻穗

我把它深藏于

我的童年

11. 水与岸

上岸的人已走得无影无踪

没上岸的人也不再有

在水边我寻找

自己的宗教

有人说上善如水

有人说逝者如斯

有人看它清

有人看它浊

弄不明白的人

投了江或湖

想弄明白的人

到山上建起庙

他们离我都不太远

高山上传来了

大海的声音

12. 悟道

万籁俱寂。和爱人一起讨论

每日所思最多之事

她稍思索，答曰：写好文章

教书很好的她害怕著文

或许这是她最真实的回答

却不是我要的答案

我所问只是反询自己

我想回答：我每日

所思最多之事是

悟道。是如何让自己在苟活中

遵循古代圣贤教导

成为一得道之人

她"扑哧"笑出声，带动了路旁

一片小树叶飘动。黑暗中

我看她是明亮的，而我内心

也有着空旷

13. 无形

一觉醒来，恍然见这里
何其广大，何其丰富
已够称得上是片旷野

我是否已是遗世独立

我宣告
我爱上了一个无形的人
便有了陪伴的无限

它们以水、空气、光的形式
存在，也化身为小草、爬虫
及它们背负的一粒尘埃

这些小而细微的存在是否是
存在的根本

14. 攀援

我不喜欢那些攀援到
其他植物上的植物。它们缠死了
我十年的海棠、十年的月季
并让一棵尚弱小的枇杷树日渐枯萎
我的忍耐和仁慈付出了代价

我迫切地期待着冬天的到来
让它们终老于命定的一年光阴吧
忍耐已到了尽头，仁慈依旧
留下几粒种子，墙角
才是它们的祖地

15. 阳光

阳光很好，风却料峭
我把夏天的衣物清理翻晒
顺便敞开自己的外套
晒晒肚皮。我还想晒晒
自己的内心，总有一些
生活的霉点要去除

湖水在面前翻转着身子
远山渐渐地脱下了浓妆
天空中一丝云彩都没有
也掀开了它蓝色的肚皮

16. 做什么

那位妻子或母亲孤零零走向湖边，做什么？
她低声地哭泣，任泪水滴落湖里，做什么？
秋风一阵阵撕开她的衣襟，做什么？
夕阳燃尽热情，大地死气沉沉，做什么？

空气中不断有故事飘来，它们是戏谑的。
湖底涌起的故事，怎么都那么悲凉？

17. 寓言

这首诗有必要写在一块井田里
并选择了一根榆树枝做笔。恰巧
我头颅的阴影也投射在它上面
每退一步，一行诗便显露出来

两只蝴蝶在蝴蝶兰中追逐
一只大公鸡无所事事地停留在
鸡冠花前面。野乌龟被我养在
龟背竹下。已熟悉我的黑狗
正细嗅着一根狗尾巴草

那头已上岸的水牛恋恋地望着水
返身擦了擦榆树，一片片榆钱子
便纷纷落在了这篇寓言上

18. 远相过从

来看我的朋友在我的水写帖上
写下四个大字：远相过从
他又用小字说明，系今日来的路上
所悟云云。这四字有来历
又没有来历。它是对过从甚密的
反对，又没要断了朋友的情义
它承接了孔夫子所谓君子小人之
交往判断，又有点兴之所至的
随意。这可能是朋友自己的
立世原则，也能予我以警省

远一点"过"，远一点"从"
四个水写的字很快消失
像世间大多数过耳的道理们

19. 书信

今晚月半，但清幽之美堪比想象
桂花初香，已不断沉淀冲击而来
杂事已毕，诸念不起，只甚想你
计划明日动动身子，看附近有无
邮局。听说外界有了诸多新变化
你得适应。如有不适，可来看我
如来，顺便携带去年新置的棉被
我没想到气温下降太快，冷死了
当然，你来了，我便不怕冷了哈
对了，我如何把此信寄予你呢?
这世间我们好像早已丢了地址呢

20. 朋友

我想到真正的朋友，他不仅
与我有着同好，更与我

有着同恶。即便如此
我们还要能在这个阴天
温暖地偶遇。这样的朋友
像今晚的星星一样少
我打开电灯，偶尔看看窗外
漆黑一团；再点燃蜡烛，还是
漆黑一团。我想对两个
最亲密的朋友说，你们
一个是电灯，总是陪伴我
一个是蜡烛，总是安慰我
让所有的光都不是虚无的

21. 石头

天干物燥，枯草丛中总有
石头露出。我将跑步
改为慢行。不时看看远山
大多时刻紧盯地面
千年的流水，总会把
万年的石头带下来
交给江湖；总会有百年的草根
挡住了几块的去路。今天

我把前些时捡的一块石头
送给我的一位年轻朋友
青年才俊，正当而立，娶了娇妻
搬了新居。属于他的时代
正在开始。他一眼看出那石头
是颗心形，脱口道：一颗实心
我说：你就用竹根做个底座吧
放在书桌上，也算个清供

22. 阅读

打开书，看到"乌云"二字
我抬头向四方天空寻找
西南山顶上正有一些
越来越密集；看到"雷霆"二字
我不用分神，周围格外安静
接下的"风暴"也不会到来

书是一个俄罗斯女子所作
一百多年前，她在写她
糟糕透了的时代和心情
我仿佛在古中国的天空下

把它排解。放下书，闭上眼
看了看自己的心，和此刻
淡漠沉寂的湖面

23. 天命之年抄旧诗

秋天的事情到此为止吧，泡壶茶
抄一首二十多年前的旧诗:《秋》

"田野四季的植物已经归拢
还有未曾捡拾的稻草覆盖了裂开
的泥土。温顺地延伸到深处"

"……脱落的林木……显露在外
……过去如大地。阳光轻抚……
……声音在泥土中消失……"

"一个人在大道的尽头……
非常微妙，仿佛无意中树叶零飘……"

茶好苦。那些省略了的词句，比如
认真、严肃、直指人心、灵魂、光辉

完美，永恒……曾经指引过我的青春

24. 大风起兮

大风起兮，一棵树
和所剩无几的浮云、流水
一起狂欢。只是这并非
树之所愿。只有石头
一动不动。它以冷漠对抗着
越来越深的寒冷
此刻，我把自己等同于
一头无所事事的牛
我瞪大双眼静观着这一切
快了，快了！抒情的日子
还将到来，烈火在旷野上
热烈地舞蹈。我们在冬天
也是有好生活过的

25. 立冬

立冬之前，我的习惯是
把该收获的东西收拾干净

留下裸露的大地，和自己

一起等待。冬天

就是一次较长的休眠

一只出生晚了的蚊子

从它的飞行中能看到

渴死的命运。不小心翻身

露出肚皮的蚯蚓

我抓了把泥土把它盖住

耳边已经少了些什么

哦，噤若寒蝉。哦，如履薄冰

我也要少出点声了

我们一起等待的转变

谁知道是怎样的呢

26. 饮酒

友人你提酒来，想效仿古人

以雪下酒，那我得找个破茅屋

好对得住你的盛情

你说不必，一块空地即可

那我得准备土灶、铁锅和篝火啊

鱼即从湖中捞起

萝卜白菜蒜苗即从菜地里拔起

一杯一杯又一杯

你我把自己灌醉

只是一切酒事皆情事

你未曾带一位红颜知己

这酒便当它作虚无之气

我们喝下了些什么呢

我们其间又唠叨了些什么呢

你把你这老身躯变成了

一根铁棍，我把我变成了

一堆泥。你的敌人不在这里

我的身上没有花朵

爱呀恨呀混沌成眼前的黑

你后退着向我告别道

有何进步可言，能退回去多好

此刻清醒的唯有此醉语

27. 过冬

小雪之前必有妖怪狂啸

这是我未曾见过的大寒风

那些枯枝败叶，老朽者

那些立足尚浅的植物

一夜之间，被扫荡个遍

然后是刀锋一样尖锐的雨

钻进了苟且偷生者的虫眼

然后是卫生员身穿白大褂

把伤痕累累的大地小心地

擦拭。这其实是植物们

开始过冬的准备：丢弃，遗忘

让自己一无遮挡，不再相互纠缠

以一颗寂灭之心去面对转折

作为志在做一个好园丁的人

我在植物们身上学习如何过冬

要把多少脆弱、混沌以及荒唐的情感

冰冻起来，只露出一个缺口

此俗世必要之呼吸

28. 萤火虫

无论你曾经把萤火虫是关在

玻璃瓶、塑料袋还是蚊帐里

如今再也难找到这个

带着自身的光照亮他人的小东西

每一只萤火虫，在白天
失去光彩与神秘，像在睡眠
这是它的好运

我从来没有听见过萤火虫的叫声
它好像就是为那些听不见的人
而诞生。我看见过一个小伙伴的
惊喜：他用发不出声音的嘴
一张一合，应和着萤火虫的
一闪一闪。我真的想听见
他们在说什么。当然
我什么都没有听见

我也和萤火虫说过话
只能是自言自语。听见人来
马上闭紧了嘴唇

29. 休歇

并不是所有的呼唤必有应答
把人生当人工过的母亲

告诉我一个真理：泥巴在冷天
也要休歇。她老了
闲下来的日子只是种点菜
对孙儿的想念才是主要的生活
在冷天，她变得像一件老棉袄

我提着一把锹在田野上巡视
把自己想象成父亲年轻时样子
他当年一个冬天无所事事
谨记母亲的话语
只挖藕，不动其他土
黑乎乎的藕洗去污泥后是洁白的
这几乎是冬天唯一的变化

30. 冬至

最漫长的黑夜
是否真已过去
并不值得考究

有些时日了
白昼与黑夜

并没什么区分

苦难和麻木
也混杂莫辨
一个枯老头出神

盯着一棵落叶树
互相看到真相
都活着仿佛死去

微风中，波浪无力地
拍打着波浪
在睡眠中赶路

我听首老歌
给花树们理了发
它们更为精神

31. 交流

我给一颗种子问话
一星期后，它以红芽作答

我给一株红芽问话

三天后，它以绿叶作答

我给一片绿叶问话

两月后，它以花儿作答

我给一朵花儿问话

一月后，它以果实作答

我喜欢这种沉默的交流

缓慢而有变化。仿佛旧时代

我给她一封信，只是问候

她回复一段情，也是问候

多少年过去了，我们

有了一个孩子，他有时像我

有时像她。照亮了

我们同甘共苦的日子

32. 夕光

夕光游走在大地边缘

越来越暗，越来越沉寂

最终成为广大之夜色

这运动着的光和影
构成了我能体会到的光阴
被阅读的诗篇此刻也是
一团夜色,进入了休眠
但我会用灯光把它唤醒

多少年了,我习惯于违背
万物的意愿,直到今天
消逝的夕光,像一个人
将老时的呼吸,让我有
片刻的反省:这人造的灯光
居然比上帝造的夕光
更为醒目,仿佛可以永生
而我没有勇气,把它关闭

33. 缺席

被收割的庄稼和被烧毁的野草
不是此刻田野的缺席者

那些依靠植物们生存的

小动物和昆虫们，或远走他乡
或把自己深陷于泥沼里
以遵循自然定下的法则

我作为一个不能冬眠的人
只拥有把自己从人群中缺席的
权利（它真的是权利吗？）
却不能放弃日日需要的庸常

每一天，山岳被河流折磨
蓝天被大海毁灭，永恒者
依旧永恒着

　　小注：夽湖位于武汉市蔡甸区，自然生态保持较好。湖边有一个牧野农场，农场主人在那有一个"集装箱出租项目"，邀请一些向往田园生活的人去那里种菜休闲。

格 竹

○

阳明先生格竹之时
我在竹林下棋
他悟到"心外无物"
我看了一眼竹，解为
物内无心或曰虚心
竹根在地下纠缠
竹笋在地上互不相关
这都是无心的道理
只是竹木做的棋子
摆放在各自的阵营中
即将有一番
心机缜密的厮杀

一

雨打在竹叶上的声音

和心声有一比：细小，柔软，缠绵

这是竹叶的形态，它们

层层叠叠，像心的褶皱

流水潺潺，和万物的过去

有一比：细长，缓慢，清澈

我在一张半熟的宣纸上抄写

留下了它们的痕迹

二

多年前屋外墙壁上贴的

一片灰蓝，确切地说

等待的不是一片绿

也不是一根竹子的倚靠

竹子自有其摇曳之姿

把影子舞动在那片灰蓝上

影子永远是黑色的

无论是日影还是月影

风和光无色

它们因竹影而现形

三

我叫他大爹的那个人，是我们村最长寿的。我们都以为他会活过百岁，结果在九十九岁时，他受了点风寒，不看医不吃药让自己走了。大爹一辈子除种田外，便是做篾匠，竹子来自于他屋后自种的一片竹林，全村剩下的最后一片竹林。

农闲时，他便拿一个小木凳坐在屋前剖竹劈篾编各种竹器：提篮、筲箕、筛子、鱼篓等。一把篾刀在他手上有着摧枯拉朽的力量。他用篾刀把一根手臂粗的竹子伐倒，砍去细枝，剖成几片，又劈成细长细长的竹篾。竹篾在他手上柔顺服贴，一个上午便会变成一只漂亮精致的小花篮。

某年"十一"假期，我回家探亲，路过大爹门前，只见九十多岁的大爹仍在劈篾编竹器。我递给他一包香烟，问这个一辈子烟酒不离的人长寿的秘密，他呵呵一笑，看着手上的一根竹竿说：没心操啊。

原来如此，老人们常说的这人不长心，源头在说竹子罢。这个无心或者空心的竹子才能变成竹篾，做成竹器。做成的竹器也因为其空无的心而留不住风，留不住水。所谓"心无挂碍"也说的是它吧。

四

　　我的心中并没有一个所谓文人常有的竹林梦。但喜欢竹子和竹林却是真的。无论其形，还是古往今来人们赋予其身上的神。前面的几篇诗文都提到了这一点。

　　竹子是绝不单独存在的一种植物。一根竹子边绝对会有另一根竹子冒出来。几年后，一根一根竹子都从周围冒出，一片竹林便自然生成了。

　　小时候，在我江汉平原的乡里，如果有一户人家某一年在后园种了一根竹子，以后的几年他便要在每一个春天去与邻相界的地方拔掉竹笋，让竹子不要霸占了别人家的菜园。但别人家总有恼火的时候，那些竹根在地下爬行很远，基本上会爬到邻居家菜园底下，于是竹林主人又要费好大的劲在与邻相界的地方挖一条深深的沟，斩断那些乱跑的竹根。后来，竹林的女主人烦不胜烦，便会让男主人伐了竹林，竹林要么变成桃园，要么还是菜园。

　　我们村里最后所剩的一片竹林是我大爹种的。他留下这片竹林，只因为他是个篾匠。我不知道别人怎么看这片竹林，我却很喜欢它。以往每次回老家探亲，看到这片竹林，便感觉到时光并没有走远，古老的庄园还在这片大地上传承。

　　很小的时候，竹林于我是很神秘的。竹林里常有野猫出没。有人还说曾见竹林里有一条巨蟒盘踞着。这可把我彻底吓着了，让我几乎每次经过它时都要跑着离开。

又过了几年，我已经读小学四五年级了，竹林也仿佛越变越小。它的周边也没有了什么蛮荒之地，我也渐渐地可以走进去寻找以为存在的什么秘密。当然什么秘密也没有，既没有野猫了，更没有巨蟒，只有一些鸟儿在里面窜来窜去，从这根竹枝嗖地一下蹿到另一根竹枝上。

于是，有一天晚上，几个大孩子叫我和他们去竹林里用弹弓打鸟。我们小心翼翼地走在动作大点便吱吱响的竹叶地上，用手电筒光扫射着头上密密麻麻的竹枝竹叶，果然会发现一只熟眠中的麻雀，在手电筒光中一动不动，一副任人宰割的样子。大孩子把手电筒交给我，让我照着麻雀不动，他去拿弹弓。我的紧张让我的脚下一滑，手一抖，一根竹子马上发出了报警声。麻雀当然一只惊醒一只，翅膀撞击着竹叶，纷纷忽啦啦飞走了。大孩子们唉的一声，以后再也不带我去竹林打鸟。

又过了几年，我知道了"竹林七贤"的故事、王阳明格竹的故事、郑板桥画竹的故事。起初，我以为竹林七贤们在竹林里喝酒玩乐是后人臆想的，后来我才明白我看到的竹林不是他们的竹林。我的竹林在平原，竹子细细长长，密密麻麻，没有空地摆下一张酒桌；而他们的竹林在小山坡上，竹子都长在大块大块的石头缝隙里，又有高高低低的层次，每一根竹子间比较疏朗，更为独立，也更粗更高，好像是一个个会成大器的大人物，真的是一种精神的标高。

　　现在，我在我老家新做的楼房后埋下了几根竹鞭。竹鞭是从大爹离世后被废弃的竹林地里挖出的。三年后，它们已经成了一小片竹林。如果不是还在老家看护那片土地的幺叔控制着它们的生长，我小时的竹林就会再现了。那片竹林就种在生活的缝隙中，它们在我幺叔看来，没有一点用处，应该被砍掉。我只为着一点对古老的念想留着它们。可惜，我一年中没有几天可以回老家去看看它们，而它们却是让我回老家的一种很大的吸引力了。为什么呢？我也说不明白。

五

大爹最后的一把篾刀
是他九十大寿的生日礼物
他给他的独生子说
你不用给我过生
给我买把新篾刀就行了
大爹用了七十多年的篾刀
没有沾过一滴血
只用来伐竹，破竹，篾竹
他把刀随身插在他的布腰带上

一辈子也没有人敢欺负他

大爹用新篾刀继续侍候
他的竹子。他记不住一生
伐了多少根竹子
编了多少只竹器
他用篾刀破开了竹子的节和空
他说节就是接，空就是控
节把一个个空接了起来
空把一个个节控住

于是，他用竹筒给自己
做了一个水杯和一个饭碗
用竹竿给自己做了一根拐杖
他最后做的一件事是
用篾刀给我做了一把竹刀
他说用竹刀裁纸，纸不会疼
说完，呵呵笑起来
张开了空洞洞的嘴

六

在一个瓷缸里种竹子，是一种
美学实验。人类常常不考虑
未知之事。他们自有万全之法
竹鞭在地下爬行，处处
碰壁、篡改，也绝不影响
竹芽出头，很快变成
一丛让我怜惜的细竹

然后，芹菜的种子
跟从风，善于寻找任何的空隙
它们落土、生根，努力向上
尽展娇弱柔嫩之躯
迎接细竹的怀抱
又骄傲高冷地穿过

细竹不动。细竹温柔
它看着芹菜
开花、结籽、老去

辑三 竹篮打水

以水抄经

我在书法练习册上
以水抄经或古诗
水在荷叶里
经总是一心
古诗是变化多端的思绪

窗外的风进来看了几眼
雨也忍不住写了几点
昨日我以剩茶汤抄经
今日便用了雨水抄经

我想到明日用一朵白云
或者闪电。也没区别

沐浴，更衣，禁食
把自己放空。到偏远地去
装一身蓝天白云并好山水

此时无笔，以手为笔
无水，哈气成水
无纸，在空中写着

边写边看它还是空
我热爱这不留痕迹

一轮明月

"我有很多母亲，我的生母最苦"
看弘一法师的传记片:《一轮明月》
法师的这句旁白，让我泪流满面
那时的法师还是一个青年才俊
写诗，作曲，弹琴;演戏，画画，恋爱
俗名李叔同。最苦的母亲去世时
他以自己的歌诗和琴声送别
是什么原因让他别离娇妻弱子
皈依佛门，我一直不知
长亭外，古道边，大爱碧连天
他守最严的戒律，做最苦的和尚
他是要把生母的苦再受一遍
以回答什么是慈悲
这也像一轮明月:
经受住多深的黑暗，才有着
多大的光明

一叶莲

大事将了。一叶莲默默生长
在干净的水面下，断了的叶茎
在伤口上萌发新根。好像它
是自己的母亲，产下了自己

新的叶慢慢成形，旧的
在水中化去。不久，这片新叶
也将消失于无痕。水面
微微荡漾。不是来源于风
我看见我的自性
像这朵水下的莲

守本真心
——黄梅诗意

○

这些大山的余脉

已没了多少起伏

越来越低落

人心的坎坷动荡

也于此歇息

干干净净的小山头上住着

大大小小的寺庙

不食人间烟火

齐整的田畴上画着

各种作物的领地

少有跨界

五祖寺里

两只温顺的狗

一黑一白，一母一子

常常趴在道场门外听经

从不入门内

两只大公鸡

活得有些年月了

飞到寺里树上过夜

法慧法师言语不多，有问有答

他是我们这些山下来客的引路人

也是他把我们送下山去

传慈法师说，都做了和尚

还有什么不快乐的

他摘自己种的西红柿

给客人们吃，说不用清洗

禅房里，一根枯枝

成为供奉；每一片死去的茶叶

都飘来了生动的香味

六祖慧能，那也是个喜乐的人

拈花一笑。花，美而芳香

笑是开放的、干净的

夜沉静，没有昼伏夜出的虫子鸣叫

钟鼓的余音还在耳旁萦绕
我回想着五祖弘忍的真身
他面容清瘦，对我们说：
守本真心
于是，我和衣而眠

一

想去五祖寺，甫一出门便迷路
出门不久又迷路。已到中途
还是迷路。因此
我通过一条叫迷的路
到达

二

碧玉流上的流水再得遇见时
浅显得几乎覆盖不了"碧玉流"三字
引发朋友黄斌诗意的那位村妇
已无从再于此揉搓亲人的内衣
但我于此看到了黄斌，便看到了
他的"看"里的一个村妇

"在溪水流过摩崖的'泉'字上
揉搓亲人的内衣"

三

芦花庵在山顶上
山顶上没有芦花
庵中那些比丘尼
都如芦花一样

四

在烛火满地的小园里
我望了望天空
它比以往更黑
于是，此刻的小园
是一个白洞

五

引路塔告诉我
路拐个弯后还有路

分路塔告诉我

一边是来路，一边是去路

在没有分路塔的地方

来的路也是

去的路。管它呢

六

心如明镜

在污浊里，便装满污浊

在干净里，便装满干净

在光明中光明，在黑暗中黑暗

如果它蒙上了尘垢

便永远是尘垢

慧能说，心在哪呢

明镜在哪呢

七

夏天黄梅漫山遍野的苞茅

和尚道士般素净飘逸

让我不忍心折下它们的头颅

我喜爱其如兄弟
与之相亲，不能相残

八

老人拄着拐杖，佝偻着身子
以近乎爬行的姿势来到
四祖寺门前。他靠边坐在
台阶上，并不进去
一个跛脚的僧人来和他
谈了一会话。不远处
黑色轿车上，老人的子孙们
寂寞地玩着手机
我也没听清老人和僧人
说了些什么
僧人跛着脚进了寺
老人佝偻着身子，拄着拐杖
头高昂着，回到了
黑色轿车前

九

我看见大雨打在五祖寺

树叶低头，屋檐仰望

我听见大雨打在五祖寺

把一切欢呼和悲号遮掩

我不在雨中，也不在寺中

我在武汉的家中

看着晚霞，静听蝉声

想再上东山，直等到一场雨

淋漓尽致地落下

十

那个废掉了名字的人

我们叫他"废名"

这更让我记住。连带让我记住

他的家乡：黄梅

我穿行在黄梅的山野中

看到那个废掉名字的人

极尽赞美：静穆如初，美好如初

那些长在民国的植物

长在今朝；流过民国的流水
还在我耳旁鸣响
不远处，清澈一千多年的
梵音，也让我忘掉了自己
我是谁啊，东山上一朵白云
也不知道自己叫什么名字

十一

它叫青檀，却很老了
很老了，却像婴儿般哭泣
它守护在五祖寺门前
比所有的人或狗更虔诚
一个穿粉红衣裳的少女
进寺前遇雨，在它下面躲着
夏天的雨，一会儿便停了
少女却不进寺，径直返回
好像，她只是经过这里

十二

我在一张生宣上以小楷抄《心经》

我和水墨赛跑。时间啊

它并不迟缓，更不等待

我听见周围的人说

这是光阴，这是流水

这是尘埃，这是浮云

他们从来不说这是时间

我以为留下了清晰

它们却歪歪扭扭着

不成字迹

十三

为什么第一泡茶水叫洗茶的水

它们被倒掉，却不是脏水

为什么一根枯枝，被供奉在

茶海上，却不是被丢弃的枯枝

仿佛已获得了永生

为什么那些喝酒的不喝酒的

抽烟的不抽烟的，男的、女的

老的、少的，想问题的、无所思的

像火一样的、像水一样的

他们都在此喝同一杯茶

好像世间的一切只是

这杯茶了

十四

这边是"莫错过"

那边是"放下着"

莫错过的一切

回头还得放下着

早知得放下为何莫错过

既然莫错过为何又放下

赵州和尚说：吃茶去

这边是"放下着"

那边是"莫错过"

放下后再回头

却是莫错过

放下了什么生？又莫错过什么生

飞虹桥上无虹飞

赵州和尚说：吃茶去

十五

来自云南的雷先生

来自河南的钱先生

来自湖北的田先生、卢先生、何先生

来自河北的霍先生

来自山西的宋先生

一起上了东山

在五祖寺里品茶论道

一夜后，他们再一起下山

东南西北地四散而去

但愿人间又多了几位菩萨

智慧又悲悯，造福十方

十六

祖父去世早，我估计他为讨生活

去得最远的地方会是邻村

守寡多年的祖母去过县城走亲戚

父母随我到了省会带孙子

也没出过湖北省

我不知幸抑或不幸，也只因为
事关工作，去的最远的地方是
云南、新疆。不能再远了
我推辞了几次出国的机会，对自己说
那么远，去要那么远，
回来也要那么远，那里
没有我的生活，也没有真理等着
我不可能再有祖父狭隘的一生
也要像父母样安守故土

十七

天边乌云翻滚，我想到大海
这么多年了，从没见它
长得有多高。每天，全世界的水
以及随波逐流的一切
都流入了大海，也没见大海
拒绝过什么；也没见大海
有什么高傲。一个小孩尖声告诉我
爸爸，大海的水都变成云了
我知道。我只是从来没见它
如何变成云。在五祖寺

我品尝到一滴雨的滋味
也没有尝到大海的一点味道

十八

每过几天，我便如释重负
啊，自己的生老病死
亲人的生老病死
朋友的生老病死
解决一个问题，又来一个问题
每一个问题解决，都如释重负
出家吧，找座庙宇安身
可仔细揣摩
全人类的生老病死啊
那些和尚都得背着

十九

一个人迷上了自己的愤慨
另一个人迷上了自己的悲壮
当然，他们比那些迷上
自己的美和才华的人

更能让我接受
我也有迷上自己的时候
现在还是不能彻底地放下它
它也叫执

二十

这个铁定心要绝情的人
他抛弃了爱，也忘掉了恨
谁也不明白那一刹那
有什么事发生。红尘
竟如一个奇彩的肥皂泡
破了。青山露出素面
身体做回本来。他也失去了
从前的名字，成为一个
无名者。当然，我知道他
并没有失去所谓的人生
常常见到他躬耕、读写的
背影，无色无声
与我保持着
一个黄昏的距离。不久便
沉沉地消失

二十一

上首诗另一个版本是：

他躲进山林，人们再难慕见他的行踪

他劳作，白净的面庞已黝黑

他吃素，丰腴的身材已干瘦

他很少言语，清亮的嗓音已喑哑

再没人因为他的光辉而黯淡

也没人因为他的爱而自惭

他无名，有人叫他得道者

有人叫他大慈悲。他听不见

曾经的聪慧于他亦为迟钝

他消失在荆棘丛中。重现时

已无人能识。他回到所从来处

度着日子。只保留着轻微的洁癖

让人们依稀想起一个人

已是快淡忘的传说

二十二

这上山的老路用于朋友们下山

多年前，它已从实用转向虚设

成为一条象征的路，一条反方向的路

人们现在只是从它的终点走向起点

再从起点黯然地返回终点

多年前，我也这样走过，并被路旁的

农舍、炊烟、鸡犬、田园感动

并想象多年前，那些被苦难折磨难忍的人

从农舍田园中来，到路的终点上去

劈头碰见"放下着"三字，有的人泪流满面

有的人掉头返回，继续苦难的生活

我与下山的朋友们分别，还得返回山上

开着车再同他们在起点会合

人生的确至少有两条道路

看着他们满面闲散的笑容

我只能遗憾自己还是错过了

那条先人用脚一步步走出来的

真正的路

二十三

我见过一个大师，他本应该在牢里

却在一座庙里。大师说，处处是道场

庙宇也是牢狱。可我也听说过

一个大师，本应该在庙里

却在牢里，他也说过，牢狱也是庙宇

在庙里的大师读书写字饮茶

读过的书写过的字皆同饮过的茶

在牢里的大师也读书写字饮茶

读过的书写过的字也同饮过的茶

我突然明白了杜牧那句寂寞的诗

"清时有味是无能，闲爱孤云静爱僧"

哦，一个大师已如孤云飘去

一个大师还在庙里坐穿牢底

二十四

我找到了很多字

在低低的山脚，路边石头上

刻写着某个门或路的名字

在行走的途中，每座塔底也有着

古老的字，或已模糊，或依稀可辨

到得山上，旁边一个小泉

泉边石崖上，那些字湿润清亮

轻易不得触摸。山上的房子

外壁内壁，门边屋檐，台阶廊柱
到处是字。我坐下，木凳上是字
我倚在桌边休息，桌面上是字
我想到可怜的童年，无书可读
遇到的每个字都像是亲人
今天，我的亲人们到处都是
只在这里，我找到了至亲

二十五

每天早晨我都欢喜地醒来
我已经学会在睡梦中
屏蔽噩梦，记住美梦
想象那些一心念佛的人
可能比这样子更好
他们像一朵莲花，剥离花瓣
留下莲蓬，最终让一棵枯莲
千年不朽。他们不做梦
而我的白天还会俗念丛生
晚上依然乱梦翻滚
我知道苦难的苦在莲子的心中
苦难的难是无法剥离

那颗苦心生长的一切，预示着
睡吧，睡吧，天空终会一蓝如洗

二十六

下山后，突然发现
我丢下了什么
忧伤呢？愤恨呢？自得呢
我的了不起的理想
和发财梦呢
我好像没了七情六欲
那些波澜，那些变幻
曾经迷人的，甜美的
悲苦的，无奈的
都不见了，不见了
视而不见，如此
听而不闻，如此
你我的消息稍纵即逝
习惯了的文字，也消失得
无影无踪。我与人间
已无太多共识
善哉，善哉！阿弥陀佛

师　父

内　篇

竹篮打水

多少年来，晚霞美如红尘时
我拿着师父珍惜的小竹篮打水
浇给河边孤单的小苹果树
树是师父栽种的，竹篮是
一位女施主留下的

多少年来，平静的河水
看着我光滑的下巴长满了胡须
然后一阵涟漪，也有了苍老的面容
我遵循师父的教导用竹篮打水
每天体会一次什么是空

苹果树也从一粒种子长大
今年春天开了第一次花，可师父
已沧桑如泥。他最后的叮嘱是
用竹篮打点水来，他要洗洗身子

最后一次，我用竹篮打水
看着这闪耀光亮的竹器，突然
发现了它的干净：每一次打水
它只是清洗了一次自身
我提着空而干净的竹篮
到含笑远去的师父前
深深地深深地鞠了一躬

桃花灿烂

我从没有去看过桃花
寺院的后山上种满了桃树
每年春天，桃花灿烂
师父便让人封了上山的门
不许我们去看一眼。我们的春天
看着寺院前小池边的柳树发呆
看它们从黄绿到青绿，枝叶
拂到了水面，夏天便来了
山上的桃子也成熟了

我从没有吃过自己摘下的桃子

师父定下了规矩：我们只能
互相摘桃子给对方吃，或者
他亲自摘了一筐桃子给我们吃
师父也从不吃自己摘的桃子

两叶茶

寺院里有着满屋子的茶。它们
全都是师父留下的
每年谷雨前，寺院东面的茶地里
就会出现师父的身影
他只采雨前的一芽两叶茶
而不采明前的一芽一叶茶
他说：这样最好
师父喝茶，往水里只投一片
两叶茶。茶叶在茶碗里
翻腾，像两个人在跳舞
师父喝了一辈子茶，也喝不完
一个春天。他说浅尝辄止
他留下了一屋子的茶
都是一芽两叶的。我们
也没舍得喝

温度计时

师父最珍重的植物除了小麦、玉米
便是棉花。每年棉花收摘之时
他会率诸弟子恭祝天气晴朗
艳阳高照。师父把收摘的棉花
交给镇上的弹花匠、织布匠变成布
再把布交给裁缝匠给寺庙制成
春夏秋冬衣。师父用体温计时
春衣、夏服、秋裳、冬装，分别放在
各自的柜子里。无论气温如何多变
他总是交待我们"春捂秋凉"的道理
他的时间不是白昼和黑夜，更不是
日月春秋。他的时间只有寒凉热暑
他制定了一番虔敬的换衣仪式
热闹喧腾。穿春衣！穿夏服！
穿秋裳！穿冬装！司仪的师兄高声
唱喏，我们一起换上新装
我霎时感觉到时来运转，师父
好像就是一个指挥太阳的人

天上的钵盂

师父在某一年的中秋夜，望着
天上的那轮明月，敲着手里的
钵盂说：你看，那个月亮是不是
像一个大钵盂？这是师父难得的
轻松时刻。他几乎要为这一发现
敲着钵盂跳起舞来。我也很高兴
上看看月亮，下看看钵盂
看着看着，那铁制的钵盂闪着光

师父的钵盂是他师父的师父
传下来的。每次饭后，他会
慢慢地洗，慢慢地擦干净。然后
放在一个藏经柜的上面。没有人
能够随手拿到它，师父不厌其烦
踩着木梯拿下来，饭后洗干净放回
一直到他病卧在床。师父圆寂时
他交待道：把钵盂洗干净
后来，我默默地做这件事
仿佛是师父借我的手做着

绝　路

寺院在东，绝壁在西，相距不过
五百米。野草丛生，荆棘密布
其间一窄路谓之"绝路"
路是师父自己一个人走出来的
仅属于他自己一个人的路

一眼望去，绝壁一无所有
高高耸立，草木不生，无法攀援
每天凌晨，师父比他人早起一小时
走到绝壁下，继续以行走的姿势
行走半小时。那实在是无路可走的
绝路啊！他只能在绝壁下原地踏步
几十年来基本上风雨无阻

有人说他疯癫，他回寺后一切如常
有人说他孤僻，他说有风月相伴
我最后忍不住问他：师父，您走的
是什么路？不是一条死路吗
他指着自己的胸口，缓缓道
只有死心，哪有死路？你的心
只要跳着，就在走路
师父说完，闭上眼，开始原地行走

我也闭上眼，模仿他原地行走
走着走着，我走到了母亲身边
她站在故乡的高地上，借着
一轮明月光，望着寺院的方向
久久地等着我回家

捡一根松木回

某一天，如果你在山野听到一首
好听的童谣，那一定是师父写的
某一天，如果你在山里人家的
门框上看到一幅字很好的对联
那一定是师父写的。寒来暑往
五十个春秋后，师父写歌写字
不再留下自己的名字或法号
他每首歌只写给孩子们唱，每幅字
都不留款印。但那像一股清泉
流淌的字体，谁都会认出是师父的

晚年的师父，过着没有任何
多余物质的生活。书房里
没有积墨，没有写过的一片纸

卧室里，没有第二套衣服和鞋子
如果他有家，他就会家徒四壁
五十个春秋后，他就定下了要在
某一个最热的夏天离开，他要
穿最少的衣服，赤脚离开
因此，每次上山，他都要带回
一根枯落的松木，把它们堆积在
寺院后墙根。他已为自己准备好了
离开的马车和道路

鱼　儿

是该还了。我造的业，我要还
师父临终前几天就交待了我们
他的骨灰要撒在他故乡的小河里
他说他没有出家前，喜欢到河里
捉鱼吃。他喜欢听乡邻们夸奖他
乡邻们说，吃鱼使人聪明
他最后一次吃鱼是在他小姨家
他没有吃到那条鱼。最爱他的小姨
让他姑爷在鱼塘捉了一条大鲤鱼
她把杀好的鱼放在小河里淘洗

那条已开膛破肚的鱼突然从菜篮里
翻身跃入水中，游向了小河深处
他分明看到那鱼向他怨恨地翻了下
白眼！小姨"唉呀"地伸手去抓
手停在了水面上。师父从此再也
不吃鱼，甚至不敢到河边行走
师父最终出家不知道是否和这事
有关。他只说他吃了太多鱼
他念再多的经也无法补救
这多的业。他从土中来
且回水里去。如果我们想他
可以去看看他的小河。那里
每一条鱼儿都是他

回　乡

我们师兄弟三人，走了一天山路
一天水路，又一天平路，到了
师父的故乡。沿途，我们听到
越来越近的炮声，遇到越来越多
往南赶的人群。我们这一小群
逆行者，带足了干粮赶路，一路

回想着师父的音容，仿佛他缩小在
那个小盒子里，用竹篮打水，喝着
两叶茶，走着绝路，摘桃子我们吃
还捡回一堆松木。中秋的夜晚
我们在月光下赶路，我们要赶在
河水变冷前，把师父放回河里
突然，师兄说，看天上，师父在
月亮上笑！师兄的话让我们都
笑了起来。我们都忘了师父
在我们手中。平原的秋天
天更高阔。一棵红枫树在远处
把我们指引。孤寂的河边终于等来了
喂食的人。我抓起一把
银白的骨灰撒向水面，引来了
无数鱼儿。其中一条高傲的大鲤鱼
昂起了头，又谦卑地俯身而去
水面荡开一个大涟漪，一个大的空

外 篇

表 姐

师父的表姐比师父大三个月
却仿佛比他大三年
所谓青梅竹马，说的就是
师父和他的表姐
师父十六岁时
表姐出嫁了，师父出家了
十年后，表姐用一个
编织细密的竹篮
装了她家的苹果
去看了看师父
那是她第一次去
也是她最后一次去
师父的表姐
有着桃花一样的美
这是大师兄告诉我的

苦　水

我有满腔苦水，想把它
倒点给师兄。师兄说
他也有满腔苦水
不知倒向哪里
我问师父如何是好
师父说，他有一片苦海
我们的苦水都可以
倒给它。师父指了指东方
我看见那片茶园上
正缓缓升起一颗
庞大的太阳

破　戒

持守谨严的师父破过一次戒
他为我炖了我从未尝过的鸡汤
那年冬天出奇地冷。受了风寒的我
十几天后已喊不出一声"师父"
镇上的郎中看过说：无碍，得补补
师父写了比钵盂还大的两字：破戒

请一位小财主施舍了一只老母鸡

又念了一遍《地藏经》，请一位农妇

炖汤。师父亲自捧着它回

黄昏的时光中，孤寂的山上

先现一狐狸，又现一狼

它们一前一后远远地跟着师父

一路上，鸡汤香味流淌

识　春

多年后，我已还俗

每次人们组织春游活动时

我会想起师父做过的好玩的事

初春时节，他领我们到山上去

认识春天。遇见一群羊

他让羊们选出最肥的一只

遇到漫山遍野的杜鹃花

他让花们选出最美的一朵

他弯下身子在草丛中

让草们选出一根最鲜嫩的草

他坐在地上和一个跟随的孩子

这样玩闹，笑得比一个孩子

更像孩子。多年后，我会想起

师父走路，从不快过那个跛脚的

老爹爹；师父说话，从不高过

那个哑了嗓子的老婆婆

那个春天，师父在半山腰

看着我们师兄弟们冲上山顶

又欢呼着冲下来。当我们

早已回到庙里，他还在路上

和小孩慢慢玩慢慢走

小孩缠着他，久久不舍得离开

知　了

天即亮，早课完毕，师父带我

打扫园子。夏天的落叶不多

不一会我便把它们划拉在一起

早起的蝉已开始"知——了"

"知——了"地叫了。关于蝉的知识

都是师父教我的。他说蝉叫"知"时

较长，叫"了"时很短。我每天扫地

已很能悟出其中的道理：扫落叶时

较长，倒落叶时很短。师父夸我傻

夏天最热的时候，蝉鸣最响
整个寺院都笼罩在那种让人觉悟的
声音中。夏天一过，树上都是蝉衣
师父让我们收集起来送给镇上的
郎中。郎中说，它们清热解暑

晒　秋

每年一次的晒秋，于师父而言
是晒书。一座小庙，藏经柜里
并没有多少书。秋高气爽的某天
师父会指挥我们师兄弟搬书晒书
每个人负责三四本书，把它们
摆放在前院的条凳上，读完一页
便翻一页晒。我们跪坐在蒲团上
远远看去，像一排温习功课的学生
而师父在我们身后走动，像极了
负责的先生。师父说，这一页
多晒晒，它的文字简单，你们读得
太快；师父说，这本书，明天还要晒
它要厚些；师父说，冬天来了
你们再读这些书就不会觉得冷

我们都听从师父的话。在冬天
没有一本书是僵硬的，它们干燥
又柔软，每一页，都发出秋声

听　雪

师父背对着窗，听雪。雪一直下
从清晨下到黄昏，盖过了黑暗
师父点起他看书用的油灯
桌子上却空空如也
我们都知道，每年冬天初雪一到
师父会一直这样坐着，等雪停
师父听雪时，我们也沉默做事
我们听不到雪的声音。师父说
雪说了很多话，满世界都是
雪的语言。雪说，色即是空
雪说，心无挂碍。雪说，信心清净
雪说，不着相。师父在雪停后
转过身子，看一眼窗外，说一声
好雪。便熄灯，合衣而卧

泥菩萨

有一天，一群人来到寺院
砸碎了我们供奉的泥菩萨
那些主宰了我一生的庄严肃穆
温暖慈悲，变成了一堆乱泥
我记起我曾经的不恭：大病中
我忍不住问师父，为什么我
天天拜佛，我还要得病
师父不言，他走到佛像前
又拜了拜，回到我身边，驱散了
几只嗡嗡叫的蚊子。他抚摸着
我发烫的额头，还是无言
像极了那尊永远沉默着的泥菩萨
我的心慢慢安静下来，闭上眼
渐渐地进入了睡眠。我做了个梦
梦中，师父说着无声的话
我听得很清

悲欣交集

远方一位大法师圆寂的消息

传到师父时已是一个多月后了
师父的严肃与静默我们从未见过
他沐浴更衣，禁食打坐三天
一个即将古来稀的老人，身板硬直
整个寺院里弥漫着一种悲凉
初冬的悲凉，第一场雪还离得很远
三天后，师父回到往常，他念叨着
悲欣交集，悲欣交集
悲啊，他要告别他所爱的人间
欣啊，他要告别他受苦的人间
师父的眼里放着我们从未见过的
光芒。现在我才明白，师父知道了
他的生死，有所从来，无所从来

师　父

师父俗姓吴，名何，字什么
出生于乌有乡华西村一乡宦之家
年少聪颖，常与山川草木问答
未及弱冠，寻一僻壤之小庙出家
行为怪诞，却不违矩
早失名号，世称"师父"

佛历 2492 年

度生圆满，庄严示寂

享年 76 岁

辑四　生活记

老　屋

节制而俭省，守旧，维护着
过往的荣耀。以一边的空虚
迎接一边的富实。从里屋望向
外地，保持安居之姿。聆听
风声，拾捡柳絮。幻想一床新被
终放弃于陈规。黄土铺成的地坪
一尘不染，夏凉冬暖，时有坎坷
我跪地写下一封情书，亲吻一个名字
在屋檐的保护中向左张望
等待他或她推开虚掩的门

他是父亲，永远清瘦
扛着犁铧，指挥着老牛
种草，割草，在冬天给牛喂草
她是母亲，永远微胖，提着菜篮
生活之光东升西下，随时准备
消逝于苍穹。老屋在阴影下
青砖黑瓦逐渐归于一色
鼓壁肃穆，木檩威严。煤油灯芯

漆黑发亮。一生中唯一

表姐手握我的小手书写作业

铅笔尖沙沙呼唤着白纸

我的手在飞，秋虫安然而鸣

父亲不断砍伐成材的树木，之前

后园是竹林。竹屋生虚白

父亲用它们换烧酒。我不止一次

劝说他让一棵树变老，让它们

与老屋匹配。没有一朵云

为我帮腔。有风自南，翼彼新苗

实用植物无孔不入，它们的生死由

老父把握。那么，本能的善还有什么

荷塘边二十多岁的橘子树，当它的枝叶

覆盖了水面，父亲毫不怜惜地砍掉了它

给云稼慢乡

云

今天，没有风，只有云
这真正的云停在天空
并不能看见它生长，变化
或薄，或厚，或多彩，或乌黑
它是朵时间的云、形而上的云

如果在飞机上往下看，它们
依旧构成一座座连绵起伏的
雪山，围住碧蓝碧蓝的天湖
构成巍峨庄严的城堡，神兽
出没，金刚显现，换了人间

但大多数人只在地上看云
诗人们看了几千年的停云
政治家们看了几千年的风云
我是个现代的生活家

无意间看云，无意间生活

从低向高的云，一成不变
从高向低的生活，坎坷悲喜
一朵云的养成不知道积聚了
多少口呼吸，一朵云的消失
我从没有等到那虚无的一刻

但旁观者的生活充满了假象
仪式感以及对风的期盼。我
不知道一阵风会把云吹向哪里
我看到两朵云的战争、一朵云
内部的战争，一样的电闪雷鸣

女人躲在男人怀里，孩子们
躲在父母怀里，生活躲在
未来怀里。云在受苦，受难
它的地狱是冰，天堂是雪
这想象，安慰了人类

天空阴沉时，我不知道
是云不存在，还是到处都是云

我的心同样阴沉，是满腹心事
抑或心无挂牵？读书、喝茶
视野局限在灯光黯淡的房间

回顾几十年的观云史
平原的孩子看到穿衣的云
山里的孩子看到裸云
城里的孩子看到脏云
思想的孩子看到火星云

我看到自己是一朵轻浮的云
在语言的天空中试图停留在
月光照耀的夜晚，让夜空
变蓝，变深，变甜，有着
所有白天没有过的样子

稼

禾字旁的"家"，告诉我
我是素食者。猪马牛羊
是我的兄弟，鸡鸭鹅鱼
是我的姐妹，麦稻高粱

是我的血肉，棉花是我的衣服

我"稼"过：割麦、插秧、除草
捉虫、打尖、打谷、收芝麻
我还"稼"过：拾粪、挖洞
放牛、喂猪。我是农民的儿子
我是稼穑的实践人

我是麦稻、高粱、棉花、芝麻
我是大豆、蚕豆、豌豆、扁豆
我是红薯、马铃薯、苞谷、南瓜
丝瓜、冬瓜，我是萝卜、胡萝卜
大小白菜、苋菜、番茄、辣椒

我还是秋葵、茼蒿、泥蒿、蒜薹
苦瓜、香椿、马齿苋、鱼腥草
我是配角成为主角、边缘成为中心
我是稀罕成为平常、基因成为
转基因。我不仅洋气而且野气

现在我朴素的生存又有了高级的
幸福：我是火龙果、蓝莓、草莓

杨梅、桑葚。我在大棚里

风雨不侵，霜雪不凌。我是现代文明的

"稼"，我是自己的陌生

慢

当我老了，坐在冬天的暖阳下

无力的手已握不紧一支毛笔

混浊的目光也搜索不到一张白纸

我数着自己的心跳，一秒又一秒

放学的孩子们欢笑地跑过我

我听到他们远去，不一会又回来

在我面前的场地上嬉戏

我听到一个小女孩的声音

特别尖细，她不停地叫着

哥哥，哥哥，等等我，等等我

孩子们在不停地奔跑，没有目的地

奔跑。等待着太阳落山，鸟儿归巢

母亲做好晚饭，书桌上点起

亮亮的灯火。我的黑暗也已到来

我扶着椅子站起，相依着回到屋里

我的书法老师告诉我，永远不要在
太阳未落山时赶到住地，不然
你将要遗失一些可贵的光明
我的领悟力很快便明白他是说
写慢一点，再慢一点

书法的第一奥妙是线条的诞生
它们每一根都是活的，它们
慢慢生长，成形，以墨水喂养纸
以笔毫探索未知。蠕动，颤抖
然后永垂不朽。终是慢的，很慢

我的老师还告诉我什么，我已
忘记。我一辈子也没有真正让
线条的慢，像一根出芽的爬山虎
它是我所见植物中生长最快的
我盯着它爬满了我屋子的外墙

万物有所期待

灯光在大雪中更加明亮

红的红，黄的黄

母亲早想着这场雪到来

每夜游荡的儿子会往家赶

父亲坐公汽买回的大白菜

有了用途。如果

雪下得足够大

把天上的雪下得没了

父母回老家过年的愿望

就可以实现

我也有此愿

雪，下吧，下吧，

万物期待着这天

种　子

父亲今日露出了少见的笑容
他指着小区绿化带里一棵
枇杷树苗说：这是我种活的
前年，他在楼栋门前扦插了
一棵栀子花树，也是这么开心
不止一次要对我强调
这是我种活的
做了一辈子农活的父亲进城后
让他最为羞涩的事是
每每我们吃完一个瓜果
他都要把那些瓜果的种子
藏起来。但他确实找不到一块地
种下它们。每次出门转悠
他像做贼一样，把那些种子
丢弃在绿化带里。老天保佑
现在绿化带里常常冒出一些
野生的树苗和农作物
最为幸运的是有一年夏天

小区一块较为荒凉的地上

结上了几个西瓜

父亲并不占有它们

他在小区不停巡视，像一个

最为志得意满的父亲

茶室里的老扫帚

我一直不明白近八十岁的老父亲
何以把一个重近十斤的空瓷酒瓶
放在客厅两米多高的储物柜里
他架起简易的家用木梯
一手抓住梯阶，一手提举酒瓶
颤颤地打开柜门，放下酒瓶，再慢慢地
爬下梯子。我忍不住责怪他
太危险！酒瓶摔了不要紧，他要摔了
怎么办？老父不满地嘀咕着
哪会摔！放习惯了！

的确，十几年来，我同父母
生活在一起，目睹他们一直都是
一种老态，有着生活的老习惯
什么破烂都要收藏在家里
直到家里的空地方都塞满了
空酒瓶、空酒壶、旧衣裳、旧鞋子
锈锅、锈刀，甚至无数的塑料袋、布袋

这些无用之物，在老父心中
总留下了它们有用的时光
他就和这些时光紧紧地
贴在一起。我的每一次丢弃
都是对他的一次剥离

这次，我没有改变那个空酒瓶的位置
我只是把放在茶桌边空地的
高粱穗子扫帚拿到了阳台上的杂物区
装着扫完了地后随意地放置
我知道老父第二天又会把扫帚放回茶室
我品着新泡的一口浓香扑鼻的普洱
盯了下那把苍老的扫帚
忍住了叫一声"爸"的冲动

做　旧

旧时代过去了不可重现
但总是留下些蛛丝马迹
宽慰我不思进取的内心
旧木头，旧砖头，旧布头
它们旧得如同日常生活
被我视而不见
旧瓷器，旧玉，旧书画
往往旧得可疑
世间偏偏有装嫩
也有少年老成
世间最不忍揭穿的做作
便是做旧。很久以前
我就懂得了做旧工艺
农历大年三十，团年饭后
再穷人家的小孩子
也有一双母亲新纳的棉鞋穿
作为一个天生害羞的男孩
我偷偷地把纯白的鞋帮往泥地里

擦了擦。这样，我欢天喜地的
脸蛋，一下子低调起来
跑在春天大地上的步子
也渐渐地安稳了

数 星 星

四十年后我们一帮同学
驱车三百里，找到那个废弃的山坡
数星星。大家约定
找一颗星，百年后去住

星星们还在四十年前的地方
稀疏又拥挤，遥远又亲近
没有见老，也看不出少了哪颗

而我们疲惫了
仅有的冲动都耗尽于高速路上
多少伙伴也消失了踪影
坐在陈旧的大地上
面对真正的黑暗
也懒得点起一支烟火

低下头，猛然撞见地平线上一颗星
那么明亮，那么孤单
我不知它是开始还是结束

被闪电照亮的人

漆黑的少年时代，闪电是如此重要
我的前途依赖它照亮，再黯淡，再照亮
在一连串的闪电下，我完成自我的教育
雷声不再压迫心田，瘦弱的身躯开始坚强
一个在闪电下赶路的人，紧抱书包
保护着里面比身体珍贵的书本。雨水
很快洗净了泪水，双脚早赤裸着
扔下了沉重的套鞋。如果不是风大，路滑
这个被理想鼓胀的少年就要飞奔起来
他本无所惧，比一颗遥远的星星还要干净
闪电离开了学堂，照亮村庄
那棵被劈过的老槐树伤疤显露，静默着
代人受过。我赶在最后的闪电光耀下
走进家门。把过去的自己丢在了外面
多年后，想到自己曾是个被闪电
照亮的人，便渴望比漆黑更深的寂寞

种植诗

播种记

身为农民的儿子，年过半百后的一天
试着第一次整一小块地，学习播种
几小时只为泥土低头弯腰，身心舒畅
平坦的土地湿润黝黑，有棱角的土坷垃
格外显眼。它们浮现出来
像人群中的知识分子，又终被排挤一边
我把泡了几小时的种子，从一只废弃的
茶杯中沥出，它们因水
而粘连成一团，几十分钟后，又因风
而恢复了独立的本性。到时候了
我把它们与土相拌，再埋于土里
年轻时曾说过，时间就是用来等待的
此言于今天依然有效。几首老歌
陪伴了我一个时辰向双亲学习的过程

浇水记

每次播种或栽上一株新苗后，浇水
便是这小小事情的完成仪式
水来自上天，被我接在一缸里
澄得很清。平时并不用它们灌溉
只在这样的下午，阳光温煦
新播下的种子需要它们的天然性
新栽下的花草需要它们定根
我郑重地打开缸盖，用一只旧碗
舀起，把它们轻轻地滴在
刚刚翻起的泥土里。这些水
被叫着定根水。它们
顺着根茎流淌，填满
泥土中的空隙，并饱含着
生长的气息，让根紧紧地
依附在地里，找到根据
这些水，只是初次被浇灌的水
代表了以后须臾不可缺失的水
被我呼唤出来，在初春或初秋

萌芽记

种子经过水的浸泡，在一定高的
温度下，被唤醒，变化。不同的种子
变化成不同的芽。我不必重新认识
水和温度。我想认识的神秘永远
认识不清。这些芽细小，娇嫩
皮肤接近透明。从播种到长成，历时
短则一个多月，长达一个季节。除了
播种前整土，播种后施肥（我无肥可施）
其他的事情交给阳光雨露。形态各异的
蔬菜粮食、花草树木，是一粒种子
爆炸的世界。它们的幼小之名——芽
也用于称呼未成年之人。比如我
小时，被人称为"松芽子"。我的发小
福贵，被称为"贵芽子"。我的母亲
小时人们叫她"香芽子"。人相大致相同
而最终我们各在一方，思想各异
命运不同。只有在被称为"芽"时，才显露出
我们出自同一块地的本性

生长记

我在此要说的是一棵植物的生长
它没有我能看见的嘴唇、鼻子
但我知道它和我一样离不开水和食物
离不开空气。它在春天已经长出一辈子
粗略的模样，人们可以认出它叫辣椒
还是苋菜，叫茶树还是桂树
每天我静静地看它时，没有风
它便一动不动。但它时刻在生长
一夜过去，它比昨天要高一点、粗一点
面色也更深一点。在它的少年时
如果没有虫子咬吃，它便会完美地迎来
青春期，开满鲜艳的花朵，引来蜂蝶
这是夏天的主要事情。但对于一棵苋菜
或者茶树而言，它等不了开花的一刻
它会等来一双贪婪的手，采走它的
嫩叶们。夏日的阳光猛烈，风雨狂暴
一棵健壮的把根系伸展得深远的植物
自然快乐地活着，并不需要思考地活着
它会停止枝叶的生长，失去
活力和美，孕育果实，等待着秋天的风

和鸟儿，把收获交付给他人

病虫记

没有杀戮是温柔的。当我闭上眼或扭过头
用洁白柔软的餐巾纸轻轻捏死一只虫子时
我的屠杀发生了。蔬果是无辜的
我不是拯救者，它们不是被拯救者
在复杂漫长的食物链上，它们吃土和水
吃阳光，我和虫子吃它们。这些位于
食物链低端的生命体从来不被称为
生命，而吃它们的虫子永远被称为害虫
绝望有时让我顿生怜悯之心
有时让我顿生杀戮之心
但之后的祷告并不真为一只渺小的虫子
几秒钟后，悔意和惧心即已付于他顾
植物恢复生机，奉献出绿色躯体、彩色花朵
从地里或空中捧出果实
我惊异于那些在地上开花、在土里
结果的植物，比如花生、马铃薯
这些奇妙的生命，智商超越了虫子
但终逃不掉被挖掘又被火烧的结局

抢暴记

此宣泄的暴雨，是点，也是线
是一首等待的诗，是句子，也是词语
是生成，也是摧毁
是温润，也是刺激
是自然的，也有着道德的判断

——《暴雨辞》

夏天的下午，原本晴空万里，突然
埋伏在天际的乌云四面冲出
占领了蓝天。屋子里，田野中
男女老少都跑到自己禾场上"抢暴"
收衣服，盖粮草，总能在豆大的雨点
密集地滴落前，结束战斗，然后
站在自家的屋檐下聆听
雨打大地的声音，互相露出
劫后余生的笑容

有时，抢完暴后，乌云
不知不觉散了，一滴雨也没落下
收进屋里的东西又拿了出来

盖上的防水布又掀了起来
人们零零散散地回到屋里、田野
边骂骂折腾人的老天，边继续做
永远没有止歇的农事

离开农村多年，一生中
还是避免不了几次抢暴
热火朝天的生活里总是突然间
袭来乌云。只有用童年的经验
告诫自己：乌云终归遮不住太阳
暴风雨总会有尽头
平庸的生活，也要继续下去

蚂蚁记

蚂蚁的小是可以无穷尽的
我曾见过一大群的小蚂蚁
一只比一只小。而稍大的蚂蚁
把巢筑在我的花根里。它们
纷纷从花根里长出，到花枝头

我踩死过蚂蚁，它们

翻过院子的台阶进入内室

扎成堆的蚂蚁

天亮开始出行　天一黑

一只都找不见。后来

我的身上有蚂蚁爬过

因为，我用水冲过蚂蚁

灌过蚂蚁的巢

天啦，我不想成为

一个自我见证的罪人

秸秆记

冬天里，园子里的秸秆对我说

给我烈火吧，我不要这

漫无休止的腐烂

请让我燃烧

化作青烟与尘灰

上天也罢，入地也罢

我已有足够忍耐的一生

足够的回忆与追悔

足够青涩的青春与
苍老的老年。它们在
四季的轮回中运行
生如直线，死如椭圆
生如汁水，死如石棍
请给朽木以尊严吧
请让我温暖地消失

我赫然一惊，只道一声：秸秆兄
阿弥陀佛，善哉善哉！

界　河

一

我记忆中最小的界河也是最短的存在
它因为早已消失而变得可疑
我在它的故道上盖上新楼，建了小园
用了父亲的旧址，名为守界园
它曾经流淌在贡士和新林两个
生产大队之间，北通天沔，南下岳阳
小时候，它在我家屋后，我面向太阳
苏醒。我是贡士大队的孩子
在贡士小学上学。对岸是新林的孩子
去新林小学。两岸的小学生们
早中晚隔着平缓的河水打嘴仗成长
语言越发伶俐，行为越发粗鄙
小河没桥，只有一个萧瑟的渡口
艄公在对岸管理着公家的小猪场
听见人唤，便搓搓双手，拿起竹篙子
下船。夏日清晨，妇女们在各自岸边

181

浣洗衣服，棒槌声有节奏地响着
一个比一个好听。夕阳西下
整条河流在辉煌中慢慢沉没于树丛
我十岁那年，这条小河仿佛一夜间
被推土机推平，第二年春天，小麦
便完美地覆盖了它。纸童话的时代到来
我成了新林的孩子，上了新林小学
仍旧是那个矮小腼腆的三好学生，不久
有了新的小伙伴们。关于此次变化
最深的遗憾是今生再也没有见过
小学同学黄小芳，我们一起演过节目
她还在贡士读书，希望她读完了小学

二

我见过的最大界河在西双版纳的
布朗村。它分开了一座山，隔开了
两个国。对岸，人们穿着与我相异的
衣裳，发出听不懂意思的呼喊
望远镜里，他们的笑容却与我的一样
像界河里一刻不歇的波浪。彼岸的土地
也生长着此岸的植物，开着相同的花朵

一只鸟在河面上飞旋，好像在选择
回哪个国家的树巢。 流水湍急
也阻碍不了一条鱼的自由。夏天
对岸的风吹过来；冬天，再吹回对岸
只有云在两岸的天空上游移，瞬息万变
这条真正的界河，仿佛棋盘上的界河
岸边摆放着兵卒，卑微而只有一条向前的路
也如军棋盘上的界河，工兵们在此潜伏
时刻准备颠覆一个国度。上善若水
哪里有危险哪里就有拯救

三

我最喜欢的界河叫蟠河。此刻我正站在
它的北边。北边是湖北新店镇，南边是
湖南坦渡乡。一座古老的石拱桥
连接了两岸：北边是石板街，南边是水泥路
我们都是两岸的异乡人，在其间愉悦地
穿行，走向对岸的深处，陌生地完成一次
短暂而奇妙的跨省旅行
地理的界线被跨越后，精神的界限
也得以突破。喧闹的门面后，田野上

熟悉而不知名的植物疯长。居然想到

张志扬老师的名篇：个人的真实性及其限度

此地我唯一认识的主人——黄斌介绍说

这是万里茶道的源头。赵李桥的砖茶

在此地装船，过黄龙湖，到长江，下汉口

再翻越千山万水，到河南、山西、甘肃、宁夏

内蒙古、新疆，再到俄罗斯。它在中国江南

温润的土里生长，安慰北方枯冷的胃

它是游牧民族和农耕民族的界线

我忍不住捧一捧河水，闻到了清苦的香

五十一岁记

一

山下烟熏火燎
山顶浮云缠绕
做个半山居士
甚好

二

我的震撼在于
抄一首古诗，发现
我的名字，居然在
不经设计的转行中出现
这首读禅经的诗，写的正是
现在的我，向往的生活

三

秋虫唧唧，知夜已深寂
终不晓它何以如我一样
无眠

四

是为抄经而习书，还是为习书而抄经？
一举两得的事不太多，此为一种

五

单勾面壁抄经得此打油诗：

最是书生好意气，君指东来他偏西。
低眉弄花伤风骨，掉头捉笔题反诗！

古代多少好汉把诗写在墙壁上遭了殃

六

不生不灭者，莲也。

不垢不净者，莲也。

不增不减者，莲也。

七

一联：

天冷独好饮烧酒

墨焦最宜抄杜诗

天冷亦宜抽烤烟

八

我无法和朋友谈放下的问题

他如果说他什么都没得到，放下什么？

我应该说，要放下那颗想得到的心？

九

大地已一览无余
天空也失去秘密
这个量子新时代
最不测的是人心

十

上午十时，于书桌上方，抄经间隙
下意识拍死一只毒蚊。它多半时间忍饥挨饿
待在暗黑角落仅二十多天的一生
被我提前结束。相较夏天的蚊子，秋蚊无所顾忌
白日便向你直扑过来
阿弥陀佛，我防卫过当
今日得多抄一幅经，为之超度

十一

一个人时
吃饭，拣较差的菜，盛半碗饭
睡觉，一夜无梦

穿衣，扣好第二枚扣子

上街，莫斜视美女

走路，勿腹诽

在家，上洗手间时记得关门

以上是我关于"慎独"二字的领悟

十二

开桂花

闻见窗子香

十三

年轻时写过一则寓言：

一群蚂蚁在分享一点面包屑，

小狼羡慕极了。老狼说：你是吃肉的！

如今把它改写为：

一群小狗在争夺一块脏肉，

小羊羡慕极了。老羊说：你是吃素的！

十四

不杀生，是佛教的一个问题
什么是生？虫鱼是生，草木不是生？
庄子曰：吾丧我

十五

一联：
劫波渡尽无忧喜
拂尘过处有慈悲

再一联：
性本清净拾得苍雪
心无挂碍担当寒山

十六

"我东曰归，我心西悲"
《诗经·东山》里的这句诗
归，悲，两个动人心弦的词
同时出现，就像一个

挂着两滴泪的美人，让人心碎

十七

我们捉住土做房子
捉住木头做家具
慢慢地，我们捉住火
捉住水，捉住金
我们胜利了，再互相捉

十八

忘掉自己的青春
忘掉自己的中年
以一个年过半百的
老人身份，看世界

十九

给自己定了个
五十岁以后的每日计划
简称"五零后计划"：抄一幅《心经》

写五百字或一首诗，读五十页书
走五千米路……
每每一天，时间分分秒秒过去
他没灵感写一句诗
找不到可以一读的书
外面风雨如晦，也不宜走路
只有：天寒小饮酒，心平枯抄经

二十

要以为自己活得有多么好
才会要求自己的孩子像自己
一样活着。否则，就让孩子
过自己想过的生活吧

二十一

收到儿子已安然到达南方的消息
悬在武汉天空半日之久的雪
终于飘飘然极其优美地落下
我和它相视一笑

雪有灵，知何时下在何地
读物理的儿子说它是物理反应
读文学的父亲说它是心理反应

二十二

今日立春，最大的愿望是
死去的花草复活，并随春水荡漾

二十三

以拒绝的姿态接近
以自言自语的方式交谈
每个人都是
一个人

但嘴唇的温度
舌尖的细软
目光的迷离
是亘古不变的

二十四

我读过太多的诗。更多的甚至是
作者不久前写的
现在轮到自己想写点什么
却无话可说。不说别人说过的话
这是我受到的最早的作文教育

二十五

写一首传统的诗歌多么艰难
这古老的情感和技艺已经失传
现今的读者，他们更向往外星人
期求永生，却不知很久以前，永生
早被遗弃。只有烈酒保持着
一直的味道，今人为之迷醉的
古人也为之迷醉；只有火焰保持着
一直的温度，今人为之灼痛的
古人也为之灼痛。除此，我想不起来
还有什么值得追逐

二十六

在没有路灯的街道，五十岁的男人
本能地拉上了她的手。突然有一丝战栗
来自三十年前的羞怯
她也静默着，感受着同样的战栗
这对老夫妻就这样走过了
几百米黑暗的道路，光明催迫着他们
把手松开，他们也一下子忘记了
黑暗中的那回事

二十七

喝口茶后，我"啊"了一声
以表达自己对此茶的赞美

二十八

以疼痛炼心
以汗水沐身
一粒石子如此成为
一颗舍利子

二十九

为什么总是相信会发生奇迹
因为对现实已无能为力

三十

我已意识到我们的对话
如自我的呼吸
自呼自吸而已

三十一

先装下，再放下
只有空始能装下
只有放下又成空

因此西游途中
大师兄名悟"空"
二师兄名悟"能"
小师兄名悟"净"

三十二

露珠的悲伤无非是知道
自己马上就会死去
而大海里，一滴水的幸福无非是
不知道自己是怎么死的。因此
我听到甚至传播的一句真理
其实是谎言：
一滴水只有在大海中才不会死亡

三十三

老婆在家
做居士
老婆不在家
做和尚

三十四

握笔久之，手指僵硬
我以手作枪，先打天
再打地。想打打自己

有点难度。不如只挺起
大拇指，遍赞万物

三十五

松针柔软
落在宣纸上
那么有力量

三十六

窗外，那些小孩
求而不得的哭泣
和得而又失的哭泣
有什么区别吗

三十七

谈到收获，我感谢种子
我忘了它们本是一体
另外，还应该感谢
土地、阳光、雨露

以及鸟儿与虫子

三十八

老婆如是评价我的朋友们：

黄斌的字最好
田华的画最好
雷平阳的诗最好
周南海的印最好
钱文亮的学问最好
夏宏，人最好

我忐忑地问：那我呢
她略有思考道：老婆最好

三十九

我感到我心存感激的人正以我为敌
他们予我的砒霜而于我为甘饴

四十

傍晚恩赐凉风，天边涌出一些
无声的休止符。地球的另一边
儿子刚刚起床，我听到对门
他窸窣地穿衣。远处
抒情的歌声响过一秒后
夜生活宣告来临。我拿起笔
开始抄经。色即是空。一个人
即所有事。心无挂碍
我却在简体与繁体中出神
能除一切苦，能除一切苦
可惜，此处没有重复，才
真实不虚。多少幅了？这几天
起了妄念，抄一万幅。因此
必须再活三十年吧。日子流水一样
无法计数。虚度，虚度

四十一

诗可以群
人却以群分

四十二

我是文字的刽子手
也是文字的易容师
我当刽子手时心怀悲悯
我做易容师时心生欢喜

四十三

朋友说我脱胎换骨
我说自己是归根复命
从吃面包回到吃小麦

四十四

几天后晚七点，终于再次给父亲电话
祝他生日快乐。并问他，母亲给他做了
什么好菜。父亲欢喜地说"很多"
还问我"吃了没有"。这都是我们
习以为常的对话，自从两年前送二老
回三百里外的老家生活后，每次电话
父亲都要这样说。可这次，父亲问完

还紧接着一句：你回来吃哒！

听来父亲心情大好，我心甚慰

四十五

家在远方悬着一盏灯

不足十米的光线却支撑着我

走完十里的黑暗路程

多年后，童年的经验成为了

成年的经验：生命的尽头

悬着一个未知的世界

这足以支撑着我

度过无论如何的一生

四十六

秋雨中读魏晋南北朝史

不禁担忧起我热爱的诗人

阮籍，陶渊明

那么多年的乱世，他们肉体苟活

却写着伟大的诗篇

四十七

做个与物为善的人是
让每一根木头、每一块石头
留下手的温润
每一根花草，每一个大大小小的动物
感受到目光的温良

四十八

流水穿过身体
浮云连接今昔
不看山，不访古
法自然，道
得自在，大
我喜欢一个朋友画的树
便与这些树这么说

四十九

清浅水流出道理
菡萏花开动佛心

那个朋友画荷，我与那些荷这么说

五十

为什么友谊是座平原，寡淡却漫长
为什么爱情是座山峰，当我们
兴致勃勃地冲上山顶，再走完
一段下坡路，就再也不相见

五十一

一联：
须放下放下之念
莫执着执着何端

五十二岁记

第一部分：抄经

一

今日大雪节气。无大雪
做二事：生火抄经；编永远编不完的
新诗集。武汉，不南不北
天寒无供暖，烤火且作乐

二

老婆说我抄经的每个字
好就好在，尽管它们个个
坐的坐，躺的躺，站的站
极不整齐与端正，却是
一个个菩萨，有的笑，有的哭
有的默不作声，乃形神兼备
各具丰韵！我汗颜之下

忙又去抄了遍经

三

南海兄又给我刻了两枚印
一姓氏印，一名印
很小的印面，比小指头还小

为了能盖上这两枚印
我得毕恭毕敬地抄经
用很小的字，比蚕豆还小
和一颗豌豆一般大

四

抄经间隙，把手中之菩提串
抛向空中，再接回手中
这不是"舍得"的道理
这是治疗颈椎病的方式

长此以往，上天降下的东西
也可能快速地抓住吧

五

老婆说在耶稣像前祷告后
堵了几天的马桶就好了
奇迹就是这样发生的
如此轻易，让无论居士
枉费了多少心力

某人也想过请上帝或菩萨
解决一些生活问题
可又想这些大神
上帝很累，佛也不轻松
人生大问题可求之一二
如此小事焉能麻烦他们

六

又在抄《金刚经》。天啦
这经抄得人万念俱灰，不喜不忧

七

每天一个时辰的仰头罚站抄经
是苦役，也是最奢侈的生活

八

当我用白墨黑纸静静地抄写
唐人张若虚的《春江花月夜》时
忍不住内心的惊叹：
这是首伟大得让大海平息的诗

往前上溯两千多年
用白墨黑纸抄了一本《道德经》
才明白这才是"知白守黑"

再一路返回，经过陶渊明，到王维
甚至苏东坡，他们的文字最适合
黑纸白字。这正好与另外一批
同样伟大的人相反，如屈原，李白，杜甫

九

朋友问我抄经用的是何体
我说："何体"
我本姓何。如果朋友深究
则曰"无体"，但颇显高妙
最终只得直言："字体"

十

用印有荷花的信笺抄经
忽然闻到桂花香。抬眼一看
菊花在窗台微笑
这过的什么乱日子呢

十一

跳出银河系，还在宇宙中
也许自由的真正含义是
没有参照点
道家说无为无不为
儒家说有所为有所不为

这个"为"总在那儿住着
《金刚经》说
一切有为法，如梦幻泡影

第二部分：喝茶

一

离家后，无论在多安逸的地方
比如茶室里
我都写不出一句文字
我怀疑自己：前生
是不是一只蜘蛛

二

在版纳，平阳兄随手给我一提茶
我随手就接起。石头兄
又要送我两饼茶，我推辞不受
他坚决要给，在深夜的宾馆
动静颇大，我只得接着
我自嘲自己对普洱茶半推半就

有一点爱，终放不下一点贪念

三

我对版纳的地名耳熟能详
因为我爱的每款普洱茶
不管到了哪里
它们都以自己的故乡为名
比如易武、贺开、曼松
比如冰岛、昔归、班章

多么美的一座山头
或一个村庄

四

一饼十几年前的易武茶
内飞纸都已被虫蛀乱
想必茶已被其先尝矣
连品三泡
无法明了其滋味。难道
此为传说中茶汤的

最高境界：无味

五

无论居士做了两把茶壶
拍卖未果，不禁怅然道：

可叹世人蒙双眼
不识此壶值千金
能盛天下无忧水
顿解人间万古愁

居士夫人听闻，戏曰：

非是世人蒙双眼
应知此壶只一钱
锅碗瓢盆生活计
何况上呼克时艰

好吧，明年再来卖！

六

近段时间心中埋藏着
十万个为什么
它们挤跑了最后的一丝诗意
也听不见赵州和尚叫我喝茶去

七

等一杯茶泡开
才觉得时光缓慢
不禁叹道：

写诗三十年
词枯意平平
沙漠茶道摆
木头制帽悬
穷途已无泪
歧路哪有灯
且学陶公去
乐幽归小园

回头一望，小院荒芜
然后知园艺生疏矣
不禁再叹：

年少欲读万卷书
识遍天下不俗人
老来无心翻一页
独守孤园待花生

也罢，快过年了
找出旧花瓶洗净
只养水，不养花

第三部分：母亲病了

一

雨打荷叶，母亲病了
不可逆转的病，正如从生到死
但我告诉母亲，没有事的
疼一会儿就好了，过段时间
再回武汉来，天天和我们在一起

雨打荷叶，朋友宴请
天上的水只是回到荷塘
我望着一只在雨中飞行的鸟
是一位坚强的父亲
也是一位坚强的儿子

二

母亲在医院
父亲在田里
妻子在教室
儿子在美国的实验室
兄弟们在各自的家里

我一个人在老家空旷的屋里
呆呆地看着客厅墙上画幅中
片瓦无存的出生地

三

年迈的母亲，病中的母亲

活着的日子不多了
十几年？几年？甚或几个月？
原本草命，已入深冬，没有春天

我的悲哀并不显现
不在眼耳鼻舌身意里
没有色声香味触法
我的悲哀藏在不可知处

四

再难熬的炎夏也将过去
病痛收获了一个母亲
我收获了半座房子
酷热之后必有严寒
我已有所准备

五

愤怒的人，哀怨的人，得意的人
麻木的人，淡定的人，悲伤的人
都是一样的人：死亡不断地逼近

祖父的死，祖母的死

小学同学的死，高中同学的死

朋友父亲的死、母亲的死

朋友的死，朋友的朋友的死

我一一目睹过

死亡

以其不可知的方式，不可知的步履

不断地逼近

六

每天给母亲祈福

母亲的病情没有任何好转

且不断加重

心里的不安

却逐渐地减少

所祈的福都落在了

自己身上

我有小份地

不知种何物
且挖一个洞
埋下几声哭

七

以前，一年这样过便清晰而有意义：

元旦，回老家看双亲
春节，回老家亲人团聚
清明，回老家给祖母扫墓
五一，回老家看双亲
端午，回老家看双亲
中秋十一，回老家亲人团聚
然后，菊花开了，雪下了
又过了一年

今年，每半个月回一次老家
陪伴害病的母亲

远方的美景是他人的欢场
家乡的田野是我的墓园

八

我不想你看到悲伤
我所有的倾诉只是给黑暗
给一块柔软的土地，和一条
杂草丛生的河流

眼泪飞扬亦非我愿，我寻找着
与世隔绝之地。没有出口和过去
没有窥探。也没有希冀

或许生真是一场幻觉，死
只是一朵云烟
它们循环往复，连绵无期

我在深深的谷底余音袅袅
我在云端折断翅膀。我仍不想
你看到悲伤，和我在随波逐流中写下的
一旦出生即消亡的文字

九

我在焦墨里加上剩酒、烟灰、残茶
把它们用力地搅匀，写一首
关于热烈、孤独、淡然的诗
只有四个字：余生了了

后一个"了"字就是一个点
极像一个终点
我的每一撇都那么长
每一捺都那么短促
每一横都一样扁平
每一竖直直的，稳稳地站着
唯一的一折我用了最重的笔力
想到了此生的苦与念想

余生了了，"了"字的一勾
我没有勾起
它像一声轻微的叹息
呼出了多么奇怪的味道

十

昨天是阳历十一月最后一个星期四
是美国的感恩节，网络上不少人庆祝

昨天是阴历冬月初三，只有母亲
打我电话，问我生日在怎么过

而我并没有过过感恩节
只有父母知道我真正的生日是哪天

辑五　无论

无　论

之　一

一

他说无所留恋时
他就逃了
我细思量
我无处逃

二

它把巢筑在方便处
却不知方便处
即危险处
我无从告知它

三

时空平直，这只是
一个定理。我或者我们
常选择
弯曲的道路走

四

同理，靠近转轮边缘的钟
比远方钟楼上的钟
走得慢
这是某神决定的

五

他说他创造
造不出未来
她说她消耗
消耗未来

六

我们是朋友，我们是敌人
多年后，我已明白
我们如此爱
我们却分开

七

独自饮酒妙不可言
不至于把自己灌醉
不至于自己
收拾了自己

八

眼不见
心不烦
闭上眼
多么难

九

我遇到个自得人
努力表达我的谦虚
我遇到个谦逊人
再也谦虚不下去

十

变换，我说变换
你说是变幻
你是喜欢变幻
哦，你赢了

十一

我不喜欢你
你与我何干
我得加强修养至
与你不悲不喜

十二

想到远方看一朵花
远方的花来看我
我看的不是花，是远方
花看我是，卞之琳

十三

儒者把胸怀比作大海
佛者把大海比作沙
儒者把沙比作时间
佛者把时间比作胸怀

十四

未曾证实之事，姑妄听之
矛盾的母亲啊，她不知道
她和父亲是一家子
抑或和儿子是一家

十五

我需要一块土地
甚于一张白纸
不写写画画
只种菜种花

十六

这雪没了诚信
全人类关注的雪在网上
下得铺天盖地肝肠寸断
而落地即没了

十七

那个易怒的朋友，喜欢骂人
他有文化，指桑树骂槐树
我不识字的奶奶也爱骂人
脾气急躁，跳起小脚指着人骂

十八

她从这房间走到那房间
又回到这房间。他从小山脚爬到
小山顶，又下到小山脚
她和他数着步子

十九

点赞这种方便简易极具存在感的生
活方式已成为人类最新最普遍的生
活方式，可以秒杀一切费尽心机多
番努力以期出人头地的搞笑！天啦

二十

和一个人坐着无话可说好过
一个人在你身边不停咳嗽
他不断地暗示他有话要说
你希望他还是保持沉默

二十一

一个看上去虔诚的信徒
凡事都要遵从神的旨意
她从一本圣书中随手翻到一页
神都能给予她恰当的指点。为什么呢

二十二

历来如此：地方保守党魁——土地公公
乃法力最弱、地位最低之神仙
然草民无知，草民有罪，不该
与其打成一片，不当他是神仙

二十三

若隐若现的阳光不是好阳光
若有若无的风正是好风
在冬天，我这样认为
到了夏天，就反过来说

二十四

我的胃喜欢温和
舌头喜欢刺激
转过身去，站在一堆物前
我忘了自己将要寻找什么

之　二

一

八岁那年一个满月的夜晚
老大命令一帮人丢下了
躲藏着的小伙伴。我偷偷地
跑回，寻找我的背叛感

二

钟的外表无论如何华丽，出奇
它必须十二个小时转个圈
没有哪口钟比另一口钟
更寂寞。陀螺对此满怀同情

三

农民之子陈金发做了三十年
失败的知识分子，决定两年后
回老家当个农民。他实在放心不下
父亲留下的一亩三分的大菜园

四

许诺一当过了漫长的日子
就无人再当它是真
我们曾经一起信仰，如今
互不信任，且怀恨在心

五

脆弱的心灵已不许我想起
沙漠、大海，和高山
这些陌生而美丽的风景
我早经不起折腾

六

女人问初恋对她还有什么感情
初恋答：概括地说，完美的感情
像心电图。爱恨起伏，再起伏
最后的结局是一条波澜不惊的直线

七

谁半夜在剁菜呢？他或她
让生活的美味把我唤醒
主人也许明天要迎接一位尊贵的客人
这种古老的美德，让我再次入眠

八

归根究底，你的惶惶无主
虚与委蛇，都在于
你还惦记着利益
哦，你所说的意义
它们那么重，你也看不见

九

冬天来了，快把火盆里的火
点燃。不要让它冷却
哪怕内心里已然结冰
这外表的温情
必须保留。有人需要

十

他在又一次空荡荡的大床上
想了半夜。古时
爱情的最高境界——
以身相许。如今为何是
爱情的最低级

十一

所剩无几的激情是
在春天种一棵树
而不是摘一朵花
在秋天扫一筐落叶

而不是收一担地瓜

十二

我不读某某诗某某文已久
已不配做个当下的某分子
我喜爱的古人作古已久
我心有狐疑，他也无法起身作答
寂寞的园子里，关着
一春秋草木

十三

换言之，譬如
在某种意义上
从另一角度看
非同寻常的还是
色即是空

十四

有人投江，有人跳楼

有人卧轨，有人割脉
这些温柔或粗暴的结束方式
让自诩先锋的艺术家或诗人
失去了想象力，不再考虑
人生的终极问题

十五

终日唠叨的女人
把生活变成神学
或退而次之，变成哲学
某天始，她迷上了微信
生活成为了图片
我乐于看而不是听

十六

情系基督心向佛
身处道家学做儒

这是一个人即将五十的自述
他迟迟不写成长长的文章

是想保留它的审美性

十七

吾生也有涯
汝生也有涯
吾生与汝生
咫尺却天涯

十八

在足够小时，男孩不是女孩的异性
在足够老时，奶奶不是爷爷的异性
一个人当其成为异性时，他所爱的人
可能还未成为异性。她是异性的种子

十九

在标本馆里看动物
鹿羊的眼里都是悲凉
虎豹的眼里都是愤怒
这些前世的敌人

合成了悲愤一体

二十

已进城的老农喜欢脏乱的
低级小区。他们每天凑一起
打牌，吹牛，逐渐交换
家庭秘密。一个老农到他侄儿的
高级社区做客回来，沮丧地说
那里都文化人，他们不出房门

二十一

相比那些不朽的事物
譬如奇珍异宝，我更喜欢
易朽的花朵。它们短暂
而令我怜惜凡俗，也不必牵念
正契合你我之平生

二十二

二十年来

我欠山水一篇长诗

山水欠我一个隐居

我对她的爱日增月益

她与我却越来越疏离

二十三

父亲对他新生的女儿说

她的孕育与她的出世

历经十个月，才完成

在这短暂的时间里

花儿已演示完它的一生

二十四

注视着窗外的蓝天时，不禁想起了

一生中最好的朋友。希望他

也是在一片蓝天下，并对之有所注视

之 三

一

一度我离你很近
一度我忘你容颜
因为心怀羞愧之玉
我的爱情告一段落

二

寒意侵袭，远方几许咳嗽
娇弱如秋露碎落
陌生的事物
不知有多远

三

人类唯艺术堪与石头之美
匹配。短暂的我
因此不能拒绝那女人
短暂的美

四

我们带着各自的光
来相会。它们安静地
相互寻找。一方熄灭
另一方便孤单

五

无论是惊蛰，还是清明
农历节令的到来，让我
胆战心惊。自然的变化
已使它们名不副实

六

女人作沉思状
走来走去。她善于思想
而不会写文章。这意味着
她天生丽质，便天天励志

七

初，连遮羞的树叶亦无
纵有，也是一张
美的树叶。无意中飘落
第一丝战栗

八

春天我们看花
秋天我们看叶
冬天我们看雪
夏天呢？他到国外看画

九

面对众多喧嚣
为何闭上两眼
此刻难道不应
捂住双耳吗？

十

名至实归，还是实至名归
我纠结于其中的逻辑关系
不明白其真正的先后次序

十一

传说瑜伽的最高境界是
倒立行走。如此类推
人生的最高境界是
倒行逆施。一个朋友说
人到二十，需为生人而活
人到四十，需为人生而活

十二

透过指缝看世界
是瑜伽里的一个
奇妙动作。老婆每做此
我就禁不住笑出声

十三

我确认那对斑鸠从我窗外
离开了，还带走了蛋
干冷的巢，漠然地空着
我们巨大的爱与热情

十四

当代的叫卖声已听不出
细微的差别。好在
所卖的物什还可待挑拣
我选择那一个，放弃这一个
最终选择了沉默的一个

十五

我按捺住体内一只躁动的
猴子，等待这场雨过去
有如许密集狂乱没日没夜
急急如丧家之犬落荒而逃的
春雨吗？早熟之女

披着单薄裳衣

十六

我这个农民的儿子
有一块宅基地。它让我仿佛
有家可归。这是我亲爱的
祖国，对我特有的爱

十七

过去的十年还清晰可忆
没有理由不计划下
未来的十年。可哲人说
明天都不可见

十八

越来越觉得，如果神真的存在
它肯定不是人的模样。切记
一个人说他是神或宣称他见到了
人之模样的神时

俱不可信

十九

我的额内闪现着此神的光
抑或彼神的光，好像黑夜
无论什么形态的闪电
都照亮了一张恐惧的脸

二十

代驾师傅啊，你怎能比一个酒鬼
还糊涂呢！这个黑夜
正需要你，按照
正确的道路行驶

二十一

请不要惊动这株植物
它和正生产的母亲一样
挣扎着，在向下狠狠地用力
以便从自己的身躯

生长出根须

二十二

阳光灿烂的日子，黑暗坚硬
那些少年像小石头
带着呼啸声，滚动
少女的欲望也是硬邦邦的
她们神经质的笑让人忧郁

二十三

这个老妇人，每天黄昏
翻捡垃圾桶，她找回了那些
被丢弃也被污损的
悲悯

二十四

值得一年时间等待的事情：
花开，雪下
美人暗结珠胎

生小孩

之 四

一

我有半桶水，这一生
也没可能把它加满
我如此厌烦那些晃荡
又不忍倒了

二

消解之时，一股前行力
从一封旧信中涌出
所幸一杯茶，正等待着
主人的回归

三

我把花儿关在笼里
只想它逃跑时不要

摔断腰。可它还是
悲伤得低下了头

四

樵夫想到彼岸做个农夫
农夫想到此岸做个樵夫
渔夫想上岸
他们一辈子为其技能所缚

五

上帝把脚下一块巨石
举过头顶。佛把它
接过来，又放回了脚下
谁的力量大呢?

六

有众多意外的死
无一宗意外的生
也许这就是所谓

众生平等的真相

七

白昼有法，黑夜有道
可法勤而不当
道懒而缺席
自古皆如此

八

收拾净屋子，侍弄完花草
泡好茶，听听鸟语
最好的生活不过如此
前提是经历了持久的劳作

九

老父亲笑呵呵地应对着
我的雷霆，仿佛他是天空
我突然有点恐慌，他已经
没了从前火爆的脾气

十

朋友送我一大袋各样花种
我却没有一百亩土地播种
我庆幸与无法发芽的它们相比
尚可无聊地享受雨水和阳光

十一

年轻时，喜欢爬到树上照相
向往高处抑或像只鸟飞翔
抑或炫技？地面太污乱
这轻微的清高让我至今孤离人群

十二

年近半百，梦亦无趣
它不停地复制白日
已度过的生活，并让我
记忆犹新地醒来

十三

多次梦见有人在一统江湖
可江湖巨大，总是
让我这条小鱼漏网
孰知吾之乐兮

十四

水中的石头喜欢柔软的
藻草。灵动的鱼虾
不知自己是个异类，不被它物所喜
水也漠视它。而水代表了生活

十五

开车时我常遇见独自步行的他
可能时，我会放慢车速
给他打个招呼。更多时呼啸而过
很久后我会停下车寻找那份舒缓

十六

尘土在风中活着
落叶在风中活着
风太大时，房子也在风中活着
只有风死于疲于奔命

十七

我未曾坐过飞机前，飞很美
越低，飞得越快
越高，越近神仙
我坐上飞机，飞已无趣

十八

流水无情，浮云无意
我的诗如果写的是
潜江的流水，云南的浮云
它就不会无靠无依

十九

那些硕大又芳香的花朵
是要让人来摘的
比如栀子花，它们的果子
没有或隐而不见

二十

某个纪念日，一对悲伤的情侣
拥睡在长江岸边。浪花轻拍着
他们穿戴齐整的脚，但江水
终于没有继续涨

二十一

头微低，脸转向左方
她知道侧面是她最美的一面
照相时如此，照镜子时亦如是
她活在自己最美的角度里

二十二

并不是每一个美丽的少女
都有着骄傲，她的父亲
常因此而羞愧。时光荏苒
美丽在回忆中，羞愧亦不再

二十三

那个在广场边上唱歌的乞丐
在人行道上画粉笔画的乞丐
以阴阳八卦为人算命的乞丐
何苦要学身全无实用的本事?

二十四

夫子已逝，诗不可以兴
夫子已逝，诗不可以观
夫子已逝，诗不可以群
夫子已逝，诗不可以怨

夫子已逝，何以为诗?

之　五

一

前时，这个喜欢装睡的人
睁开眼来。以为天亮了
现在，他又开始黑暗的生活
以躲避辉煌的灯火

二

无可说之话
有必做之事

三

树不想把自己活成家具
人不能把自己活成工具

四

他说，不存在时间

也不见空气
不存在未来
只有梦、错觉，与回忆

日出日落，花开花谢
青丝白发，健步蹒跚

五

保守、落伍，扯同伴的后腿
他以此减缓人类滑向深渊的命运

六

平缓混浊的江流中，一根青木
多余地荡漾着

七

为了验证螺丝钉到底有多重要
他拆下了座椅上最渺小的一颗
直到它已生锈，那椅子也没事

八

一根小草的立场和一堵墙的立场
并无二致，它们都扎根在大地上
风一吹，小草便动起来，它有着墙
没有的态度

多少人受益于一堵墙
挡住了风寒，却讨厌它
一成不变的僵硬
多少人鄙视小草的
随风倒，却学习它的
随遇而安

九

深夜让人心悸的是
警笛声和救护车声

想到愚人之命运，无非是
黑暗中的惩戒和救赎

十

周朝之后，再不见伯夷叔齐
更不论许由巢父，唯一的生气
也只有陶潜，散发出菊花的苦香
在真正的冬天来临之前

十一

风吹过，船划过
水面留下一道道
让人赞美的白色伤口

河流历来带着痛苦前行

十二

垃圾桶里，垃圾的得意是
成为废品，并被收购

大染缸里，谁又能逃脱
被染的命运

十三

骨头是硬的，必坏死
骨气是软的，却永恒

十四

水容纳水
火升起火
空气充满空气

窗外的马路上
噪音中和

十五

常青树为了保持常青
每天都要抛弃已黄的叶子

落叶树才做到了
同生共死

十六

天上的白云看着地上的一切
一句话也懒得说

似水时光
不忍抚摸

十七

鸡蛋碰石头只在一种情况下不沦为悲剧：
鸡蛋怀孕了

十八

当杜甫遇到陶渊明
就相当于孔夫子遇到接舆

他们互相厌弃却不明所以

十九

他的绝望是：
他的想象
总是突破不了
他的认知

二十

多少次牌局中
明知"要不起"
偏说"看不起"

二十一

风吹了就吹了
雨下了就下了
它们并不能永远地吹或下

自然即自己了结自己

二十二

有人努力地与世界扯上关系
凡事都是他经历过或预言过的

有人努力地与世界撇清关系
凡事都是他讨厌的或反对的

二十三

最黑的黑暗在光明背后
最深的深渊在大海中央
最大的恨意在曾经的朋友

二十四

中年时，总想着要改变自己
古称"中年变法"。年老了
只得自我安慰：对不起
将就着过现在的生活

之 六

一

做个让人喜欢的人较难

做个让人敬重的人很难

做个淡忘于人的人最难

所以庄子亦不能泯然于众人矣

二

天一直阴冷冷的

雪爱下不下

所谓岁月静好

视听力有限而已

三

同大多数运动的目的不同

瑜伽是把自己的身体弄软

软软的力量不是用来攻击

而是用来承受。近乎道

四

举大众之旗，得小众之利
处小众之身，谋大众之名

二种皆吾所恶也

五

少年时，一群小子雀跃
青年时，三五知己欢聚
中年时，二三知己小饮
老年时，一人品茗

六

最好的生活是：
有目标，无目的

七

陌生即为美
可惜时效短

八

人唯有不守规矩
方能战胜机器人也

九

到天堂的路越来越窄
进天堂的门也是窄门
少数者得荣耀

这非我所乐

十

他们在花朵上染色
在清水中加糖

在伤疤上再下刀子

他们得到赞美

十一

年轻人啊，你未必看穿了我

我的皮肤黑黝黝
我的心肠是顽石

十二

只有诗人、艺术家、母亲和恋人
才可能把个体从群体中
拎出来

十三

一个不需要现场的时代
人在孤独地演
孤独的上天，在看

十四

人间动静太大
久已不闻雷声

十五

至今人类了解的世界
只占宇宙的百分之五

另外百分之九十五
不想让人类了解

十六

如果我真的相信人生即梦
为何总遗憾忘记了才做的梦

十七

好时代里也有坏天气
坏人也有副好脾气

夏雨雪，山无陵

比誓言还大的谎言

也会到来

十八

死去的事物如何再生长?

在黄鹤楼下，我仰望高耸的楼阁

它们曾经以树的形态活着

现在活以木的形态

十九

高速时代，再伟大的行吟者

到过什么地方已无意义

二十

你说时间是流水

我说时间是喜马拉雅山顶的冰

你说时间是落叶
我说时间是喜马拉雅山上的石头

二十一

盲人摸象的故事要告诉我们的是
你站的立场决定了你摸到的真相
因此，所谓争论都是：立场之争

二十二

爱，是一个问题
如何爱，是另一个问题

学习等于提醒
多了多么厌倦

二十三

无论颂歌断代了多少年
也不能否认它悠久的历史
读《诗经》，到"风""雅"即止

对"颂"敬而远之

二十四

底线是不要踩一个比你还弱小的人
顶线是不要捧一个已到高位的人
大多数人守着底线
却不知顶线

之 七

一

一种最新的生活法则是：

把每天当最后一天过
与好事物过不去

有距离的人继续远离
想亲近的人不再腼腆

照镜子认识下自我眼中的自己

但以真面目相见何其难矣

二

酒后，喝根烟听悲苦雨声
雨从天上摔落也是很疼的

三

是时候做些虫声蛙鸣鸟语
之现象学研究了，并兼容
一点符号学方法，以回应
三十多年前，雄姿英发的青春

四

究竟是风散火灭
究竟是白纸黑字
究竟是区块链

五

在一杯茶的氤氲中，历史在叙述
十一个已模糊的字，无关聚散与生死

六

所剩无几的春天，足够酢浆草
开花结籽。从远方归家的人
对之行驻足礼

七

多么可怜又可耻
为了保命，我们很容易抛弃
太多比命更重要的东西

八

把挖起来的土豆再埋回干燥的
土里。几个月后，它们还是新鲜的

饥不可耐的老鼠，吃光了所有的
植物，最后选择吃兰花

九

所有活着的人应该活着。其最高意义是
他们有活着的权利

十

眼见为实，耳听为虚
做梦的一天亦是如此

十一

此刻，我听到的声音只有雨声
间或几声鸟鸣。它们无所用心

十二

我欣赏的一个朋友总是固执地
走进一条死胡同，我为之着急

可他说：这是我的自由
我不明白其中的道理

我以为的自由，是宽容

十三

在直播时代元年，我看到
一个羞涩的人走到河边
他是想洗耳？还是想跳下去

十四

买了一堆木炭过冬的人
对大雪充满了真正的期待

十五

体温枪射向我冰凉的额头
我总是担心它发现
我的心在发热

十六

十几年光阴流转
十几年尘埃沉淀

我在哪里？我在书房
我做什么？我做清洁

十七

相比于在空间中穿行
我更爱在时间中穿行
只是老之将至，我在
单行道上逆行

十八

我见过最多的浪是
一个浪越过一个浪
左冲右突，前呼后拥
你起我伏，互相掀翻

我见过的更多的浪是
扑向岸边，一个浪倒下
再来一个浪。把泥土吞噬
把石头消磨，并不向前

十九

被无语逼迫到尽头
新的诗句才得以诞生

二十

耳鸣是我最具私密性的东西
你永远听不到我的耳鸣

二十一

每当我看到太阳天天东升西落
或者想象地球春夏秋冬绕太阳一周
便心生敬意与安宁：宇宙如此无聊
而从不厌倦

二十二

一个好久不见的熟人和我擦肩而过
我知道他也认出了我，却已都
无话可说，各自走向自己的终途
暗自期许不再相遇，在这偶然的人世

二十三

春天动土，挖出一只冬眠的蝉
它透明的身体继续无辜地睡着
我把它埋进另一片土里，希望
今夏，它醒来不会吃惊

二十四

树的生能叫活吗
鸟的活能叫生吗

自我批评：有迹可 "寻" (代跋)

　　诗，语言，思。于我而言，年轻时迷恋过的三个词到五十岁左右只留下两个：诗和思。

　　语言去哪了呢？一则，语言是一种天分。当我老了，天分尽失。所以我相信，孔子说 "诗三百，一言以蔽之：思无邪" 时，他已经老了。他评判和选择诗时，把重点是放在了 "思" 上；二则，年轻时，我自鸣得意地说："思想的高度就是语言的高度，语言的高度就是思想的高度。" 明显地认为语言是无所谓高度的，只有把思想的高度提升，语言的高度自然也提升了。一路自欺过来，到了中年以后，又自我安慰：我的诗歌越来越少了韵味，而或许多了点意味。

　　因此，近十年的诗歌写作因了 "思" 的缘故，我便只能做到：有迹可 "寻"。我怀疑它们是否是真正的诗。而当我写这篇自我批评文章时，我不再怀疑，而是肯定：我写的不是诗，至少不是我心中理想的诗，也不是我真正喜爱和欣赏的诗。我姑且把它们结集成册，只能是记录下自己的人生之"迹"而已。

一、天命之诗

从《无论》重新开始的写作，从一些琐碎到某种完成。暂名之为"诗"。天命之年后写的诗，写天命之年后的诗，而仍不"知"。只有时间告诉我，一切"迹"，皆为时间所留。

二、桥

自然是一座桥。这是我最近的认识。桥的这头是"我"，桥的那头是我之外的一切。那头是世界？是社会？是另一个我？是物？是神秘？无论它是什么，我都必须经过"自然"这座桥。某些时候，我的肉身也化为自然，变身为一座桥。

我喜欢待在桥上，而不过桥。

我出生的地方离古章华台不过十里地，它们都是古云梦泽的一部分。我出生时，大湖早已枯干，但留下了很多小湖。我在湖边长大，十八岁后，来到武汉读书工作，武汉也是一座湖泊众多之城。我喜欢水，喜欢住在湖边。它更像自然。《汆湖诗篇》是献给自然特别是湖水的一组诗。汆湖是武汉接近郊区的一个不大不小的湖，还保持着最原生之面貌，没有被作为公园或风景区开发。一个偶然的机缘，

2016 年下半年，我发现了它。去了两次，想象自己在那儿像梭罗一样住了些时间。于是把想象中所住的生活写成了诗。其实它只为了说明我的上述认识：自然是桥。同时进一步认识：自然也是家，是归宿。当然，这想象的生活不是凭空的，它融汇了我这一生热爱水的所有情感与经验。《爹湖诗篇》是我默默献给梭罗的诗。三十多年前，《瓦尔登湖》是我的枕边书。

三、竹篮打水

不立文字，尽得风流。中国的禅宗最能体现出文化的"化"功。儒道释融为一体，六祖是我最为敬重与喜爱的一个人。每每读《坛经》，眼前便浮现出一个既天才又平凡既风趣又庄严的人来。五祖寺在黄梅，离武汉两个多小时的车程。2017 年秋，和一帮朋友开完一个计划中的诗会后回武汉，临时决定和其中路过武汉的几个朋友去看看在黄梅的禅宗四祖、五祖、六祖。这是第二次去五祖寺，而这时，我已经毫无征兆地开始写"大字"，用毛笔每天一幅抄了一年多的《心经》。关于这事，写过一篇札记，这里不再说。《守本真心——黄梅诗意》便是这次五祖寺之行的产物。近三十节，也写了一个多月。"守本真心"是五祖之言。那是一次美妙、轻盈、快乐的行程。黄梅秋天的天气也是这样的。无所事事的拜访、心无挂碍的游览。无所谓悟与不悟。时间过了三年，我已幻身为一个小寺里的小和尚，每天用"竹篮打水"。"每一次打水／它只是清洗了一次自身"而已。

我没有宗教信仰。"情系基督心向佛，身处道家学做儒。"我的微信朋友圈这样签名时，是假装自己什么都信，其实没有信仰。只有热爱。从自然到宗教。

四、生活记

从自然到宗教，最终都是从生活生发，又归于生活。写到最后，已经越来越不成其为诗，而成为"记录"。何为生活？生老病死。我的生活与你不同。反过来说也成立。

每个人都是一座肉身塔，一座在大地上移动的塔。东南西北四面，对应着春夏秋冬四季。从低到高，每一层就是一年。灵魂依次从一岁开始向上绕塔而行。东南西北一圈，春夏秋冬一年。一年一岁。走到塔顶或塔倾倒了，灵魂便离此而去，无所归依。这就是我想描绘的动态生命图。我的灵魂已经走到第五十六层。曾经，我的周围有很多亲密的塔，现在它们大多消失不见。在塔中，我也不知道其上还有多少层。写作此文时，我正在第五十六层的西面。天高云淡，落叶纷飞。

我记录过在第五十一层和第五十二层的部分生活。

五、无论

　　《无论》最早写于 2015 年年底。第一辑定稿于 2016 年 2 月。每辑 24 节。题名来源于最喜爱的诗人陶渊明《桃花源记》里的一句：不知有汉，无论魏晋。这一句其实是世外桃源的根本：没有朝代更替，只有四季循环。一年二十四节气。因此，这组《无论》每一辑就写了二十四节。每节几句话，像古人的绝句。后来中国诗坛出现一种"截句"的写作，风靡一时。所幸我写《无论》时，"截句"之名还未出现，不算赶时髦。《无论》一直写到 2021 年，结成七辑。它是什么呢？它只是一些小思绪、小故事、小视界、小声音。

　　第一本诗集《碧玉》出版后的两年时间，我基本上停止了写作。一方面是才出了书，要歇息一下；另一方面，工作上才创办了一个诗歌出版中心，每天都是和诗人与诗歌交往的事务，自己倒没了写诗的欲望。这样两年后，开始重新写诗时，气不长，只能短喘而已。只叶片羽。是大河里的浪花，夜空里的星星。

　　里尔克说，我认出风暴而激动如大海。他是幸运的。我和我的同代人也是幸运的。在电子时代前，时代常以风暴的形象展现。作为一个能看见风暴并处于其中的写作者都可以成为弄潮者。但现在，当世界越来越"平"时，再没有人因风暴而激动如大海了。

从这个意义上说，《无论》的写作是常态化的写作。所以它贯穿个人八年的历史：从 2015 到 2021 年。同一种质地的碎片，还是碎片。

思，不是诗。佛言，应无所住，而生其心。又言，凡所有相，皆是虚妄。而我还是落下了这"迹"。

2023 年 12 月 13 日